講談社文庫

リベンジ

巨大外資銀行

高杉 良

講談社

目次

リベンジ

巨大外資銀行

第一章　リーマン・ショック前夜

1

「パパぁ、まだなの。試合が始まっちゃうよ」

ケニーが玄関から大きな声で叫んだ。

「すぐ行く」と大声で返事をしてから、「話は帰ってきてからだ。もう行くよ」と妻のデービスに早口で話すと、フレッド・オニールはビヤ樽のような巨体を反転させ、足早に玄関に向かった。

「遅いよ。早く、早く」

ケニーはフレッドの右腕を両手で摑《つか》むと、全体重をかけて毛むくじゃらの太い二の腕を引っぱった。二人はお揃いの赤いTシャツにカーキ色の短パン姿だ。Tシャツの前面に大きく鳥の絵が描かれていた。

歩き出すと、身長百九十センチメートルのフレッドに細身のケニーがぶら下がるような恰好になった。まもなく午後六時だが、少し動いただけで腋《わき》の下がじっとりと汗ばんでくる。

フレッドは、一年前に新車で購入したクローバー社のＳＵＶ（スポーツ用多目的車）の代名詞とも言える〝ジーポ〟の運転席に乗り込み、シートベルトを装着した。助手席におさまっているケニーを確認すると、アクセルをふかし、ハンドルを思いっ切り左に切った。

ミズーリ州東部にあるセントルイスは、ミシシッピー川とミズーリ川の合流点に位置していた。開拓時代には西部への玄関口として栄え、モータリゼーション以降は東西陸路の要衝となった。〝ルート66〟がディズニーの大ヒット映画『カーズ』の舞台になったことは記憶に新しい。

バドワイドで有名なアンハイザー・ボッシュや化学薬品大手のモンサルトなどが本社を構えていた。しかし、七〇年代以降は衰退に向かう。人口流出が続き、今では全米でも有数の犯罪都市と言われている。但《ただ》し、ごく一部の危険な地域を除けば、治安は決して悪くはない。

「カージナルス、今日は勝つよね」

フレッドはハンドルを握ったまま、助手席の方に視線だけ向けた。助手席のケニーは、前を走るトラックを真剣な眼差《まなざ》しで見つめていた。車は片側三車線の高速道路をダウンタウンに向けて飛ばしていた。スピードメーターの針は六十マイルを超えている。

「そうだな。モリーナが怪我で出られないのが痛いなぁ。でもカブスに負けるわけにはいかないから。昨日代打でホームランを打ったソウ・タグチをスタートで使ったらおもしろいと思う……」

前を向いたまま応えるフレッドの胸中は、何とも言えない不安で一杯だった。

『近く、家を出ていかなくてはならない』

「ぼくも、ソウ・タグチは大好きだよ。カージナルスは去年のワールドチャンピオンだから。絶対に勝つよ」

高速道路を降りると、ブッシュ・スタジアムから二区画離れた立体駐車場にSUVは滑り込んだ。ここから球場まで、歩いて十分弱だ。試合終了後の混雑を避けるため、フレッドはいつもこの場所に車を止めていた。ビルに挟《はさ》まれた路地を五分ほど歩くと、視界が開け、茶色のレンガと鉄骨が組み合わされたブッシュ・スタジアムが姿を現した。一年前の二〇〇六年四月に開場したばかりの真新しい球場ながら、何とも言えない風格を漂わせている。自然と二人の歩くスピードがもう一段速くなった。

階段を上り、売店の前を足早に通り抜け、グラウンドレベルへの入り口の前に立つと、いきなり視界にナイター照明の光が飛び込んできた。スタンドは三塁側、レフトスタンドを除くと、八割方赤色に染まっている。カブス戦でなければ球場全体が赤一色で埋め尽くされる。

セントルイス・カージナルスとシカゴ・カブスは宿命のライバルであり、日本で言えば巨人・阪神戦に匹敵する。地元カージナルスファンのボルテージも自然とヒートアップしていた。

「あっ！　ソウ・タグチがスタメンだ」

スコアボードを見て、ケニーは興奮気味に声を張り上げた。

「ああ、本当だね」

フレッドは相槌《あいづち》を打ちながらも、頭の中は全く別のことで支配されていた。

『家を出て行かなくてはならない……』

試合は両チームがノーガードで打ち合う白熱のシーソーゲームとなった。七回終了時点で七対六。辛《かろ》うじてカージナルスが一点をリードしていた。夕食替わりの特大ホットドッグを口一杯に頰張《ほおば》りながら、ケニーは一瞬もグラウンドから目を離そうとしなかった。フレッドはそのソバカスだらけの横顔を見つめていた。

『まだ小学校三年生のケニーを辛《つら》い目にあわせたくない』

フレッドの携帯電話にカントリークレジットの担当者、トーマス・フォックスから連絡が入ったのは、今日の午後一時十分前だ。昼食を終えて午後の仕事に入る直前だった。カントリークレジットは住宅ローン専門の金融会社だ。

ビッグスリーの一つ〝グローバー〟の自動車組み立て工場で働くフレッドが、念願のマイホームを購入したのは、三年前の二〇〇四年三月のことだ。仕事場の工場から車で二十分の場所にある。

治安の良い高級住宅街にあり、庭付きの五ベッドルームの新築一戸建てに十分満足していた。夢見心地と言う方が当たっている。初めて自分の部屋を持てたケニーの喜びようといったらなかった。

ＵＡＷ（全米自動車労組）の結束力が強く、時給二十八ドル、年収四万五千ドルのフレッドは、ブルーワーカーの中では相当裕福な部類に入る。ただ、三十五万ドルの住宅ローンを借り入れたのは、あまりにも背伸びしていると言わざるを得なかった。収入不相応の新築一戸建てを購入できたのは、サブプライムローンのおかげとしか言いようがない。住宅価格の一〇〇パーセントを当初三年は年率三パーセントで借りることができた。しかし、三年を過ぎると金利は八パーセントに急騰する。三十五万ドルを借り入れたフレッドの支払い利息は、今年の三月までの月八百七十五ドルから、四月以降は二千三百ドル超になった。月々三千五百ドルほどしか手取りのないフレッドが、あっという間に貯金が底をつき、返済が滞ってしまったのは必然としか言いようがない。

サブプライムローンは信用力の低い層をターゲットとした住宅ローンだが、信用力が低いことは必ずしも低収入層を意味するわけではない。消費者信用情報機関が運用している消費者の信用力をスコア化した数字が一定以下ということであり、借入残高や過去の支払い履歴などを変数としている。住所、収入、性別、年齢などは変数に入っていないのだ。

フレッドも決して低収入というわけではないが、審査の甘いサブプライムローンであればこそ収入に見合わない高額の住宅を購入できたことになる。

2

二〇〇七年八月十日、セントルイスのブッシュ・スタジアム三塁側内野スタンドには、米国製薬業界最大手のウェストン社CEO（最高経営責任者）のチャーリー・ドナーと同社日本法人社長の西田《にしだ》健雄《けんゆう》の姿があった。

「ケン、東京からの長旅に加えてセントルイスまで付き合ってもらって申し訳ない。せっかくのチケットを無駄にしたくなかったし、ケンとの意見調整もまだまだ足りないので、どうしたものかと思案していたのだが、案ずるより産むがやすしというが、率直にケンに相談して正解だった。セントルイス行きを快諾してもらえて、最高にハッピーだよ」

ドナーはLサイズの紙コップに入った生ビールを口に運びながら嬉しそうだった。

鼻の下にビールの泡をつけて笑っているドナーの表情は、米国を代表するエクセレントカンパニーのトップにはとても見えない。

「ミスター・ドナーにお呼び出しいただければ、いつでも駆け付けます。それに、セントルイスはシカゴから近いですし、ブッシュ・スタジアムにも一度来てみたかったので、渡りに船でした。カブスが逆転すれば、さらに言うことなしですね」

西田は微笑《ほほえ》みながら応えた。ドナーと同じ紙コップのビールを左手に握ったままだ。ドナーはにわかに表情を引き締めた。

「ケンには前にも電話で話したが、この国の様子が相当怪しいんだ。我が社の従業員の中にも何人かいるらしいのだが、住宅ローンを返済できなくて自宅を差し押さえられたり、家を追い出されたりという事態が頻発している。工場長のウォーリーには従業員のケアをしっかりするように厳しく指示しているが、同じような状況に陥りそうな従業員が少なからずいることが分かった。ウチの従業員の給料は決して安くないと思うのだが、収入に見合わない高額物件を購入する者が増えているらしい」

ドナーは視線をマウンドの方向に向けながらも、苦虫を噛《か》み潰《つぶ》していた。

「サブプライムローン問題は日本にも聞こえてきています。サブプライムRMBSを中心に運用しているヘッジファンドが破綻したり、格付機関が大量のサブプライムRMBSを格下げしているとか。そう言えば、住宅ローンの最大手〝カントリークレジット〟がイースト・アメリカ・バンクの支援を受けているんですよね」

ＲＭＢＳとはレジデンシャル・モゲージ・バック・セキュリティの略語で、日本語に訳すと住宅ローン担保証券ということになる。複数の住宅ローン債権を束ね、その債権を見合いに機関投資家向け証券を発行したものだ。サブプライムＲＭＢＳは対象となる住宅ローンが、信用力の低い相手に実行されたものだ。

「そう。しかも投資銀行は、このサブプライムＲＭＢＳをさらに束ねて、もともとの債権が原形を留めない形に再証券化して、投資家にＣＤＯ（債務担保証券）という形で販売しているらしい。無数の住宅ローンを束ねているので大数《たいすう》の法則が働くということで、一つ一つの住宅ローンの信用力はチェックされることなくＲＭＢＳやＣＤＯは高い格付けが取得できるということなんだが、どうにもピンとこない」

ドナーの表情は深刻さを増していた。

「実は日本ウェストン社でも短期の余資運用にということで、旧知の証券マンから薦《すす》められたＡＢＣＰ（アセット・バック・コマーシャル・ペーパー）を少々購入していたのですが、どうもサブプライム絡みだったようです」

西田は、はにかむような表情をした。

「それで、どれくらい損をしたんだ」

ドナーの反応は鋭かった。

「セールスしてきた証券マンが『西田に迷惑はかけられない』と、その証券会社で元本償還してくれました。会社としては損失は出していません。数億円と少額だったこともありますが、農協系の金融会社に上手《うま》く転売できたそうなんです」

西田はドナーの表情がかすかに緩んだような気がした。

「話は戻りますが、日本と違いアメリカの住宅ローンはノンリコースが一般的ですから、返済できなくなった場合、担保の住宅を取られるだけで、それ以上の返済を求められません。身ぐるみ剝《は》がされるわけではないのは救いですねぇ」

西田はドナーの表情をじっと観察しながら言った。

「ええっ、日本では住宅ローンを返済できなくなると、身ぐるみ剝されるのかい」

「そうなのです。一九九〇年代の不動産バブル崩壊では、多額の住宅ローンを抱え、さらに不況続きでリストラされて全てを失った日本人がたくさんいました。生真面目《きまじめ》な人は思い詰めて自殺する道を選ぶことさえありました。自己破産すれば生きていくことはできるはずなのですが、追い込まれると冷静な判断ができなくなるのでしょう。日本が敗者復活の難しい社会であることも無関係とは思えません」

西田も厳しい表情になった。

「アメリカでは、自己破産する必要もない。住宅を差し出せば、それで住宅ローンもご破算になる。そうは言っても、自分の住んでいる家を取り上げられることは並大抵の負担ではないと思う。家財道具や付帯設備への投資だって少なくないからねぇ。それに、家を追い出された後、どこに住むのか、子供の学校の問題もあるので、家族にとっても大問題だろう。人生が大きく変わってしまうと考えるのが普通ではないのか」

ドナーは空《から》になった紙コップを握り潰した。西田は、ドナーから視線を外すと、いいタイミングで通りかかった売り子に手を上げ、ビールを二杯注文した。西田の紙コップも随分《ずいぶん》前に空になっていた。

「あのヤンキースでも活躍した右バッターは、若い頃、日本で修業したんだろう」

ふいにドナーの意識が試合に戻った。

「ええ、ソリアーノはドミニカに日本の広島カープが作った野球アカデミーの出身です」

西田は緊張から解放された気分になって、安堵しながら気持ちをグラウンドに戻した。

「そういえば、ケンの下の子供は男の子だったな。将来、野球をやらせたらどうだ」

「まだ六歳なのでわかりませんが、運動神経はそこそこあるみたいです。綾子《あやこ》が過保護気味なので、根性の方が心配ですけど」

3

同時刻、西田がかつて在籍していた全米第二位の投資銀行ダイヤモンド・ブラザーズのCEOジョエル・ランリネイは、ナンバーツーのスティーブ・C・サイクスと一緒に、ブッシュ・スタジアムの貴賓席《きひんせき》の豪華なソファーに身を沈めていた。米国を代表するビール会社アンハイザー・ボッシュのCEOジョージ・プーリーと、CFO（最高財務責任者）のベンジャミン・ジョーンズがホスト役だ。

四人は個室でカリフォルニア・ナパのオーパスワンを惜しみなく飲んでいた。ローテーブルの上には、オードブルの残骸と空になったバドワイドの缶が雑然と放置されている。ダイヤモンド・ブラザーズはアンハイザー・ボッシュ社のM&Aを駆使した拡大戦略を担う〝フィナンシャルアドバイザー〟だ。

アンハイザー・ボッシュは、世界第三位のビール生産量を誇り、主力商品の〝バドワイド〟は社名より有名な国際ブランドだ。

「最近、金融市場がかなりおかしなことになっていますな。ダイヤモンド・ブラザーズさんに限って大丈夫だとは思いますが、投資銀行はどこも厳しいという話を聞きましたよ」

ボッシュ社のプーリーCEOは、発言内容とは不釣り合いの笑顔を隣のランリネイに向けた。

六月にダイヤモンド・ブラザーズが融資していたヘッジファンドが、サブプライム関連の証券化投資に失敗して、多額の損失を計上して破綻したことをプーリーが知らないはずはない。ダイヤモンド・ブラザーズの傷が浅くないことは周知の事実だ。ランリネイはゆっくりとワイングラスを口に運び、軽く口を湿らせた。

「ご心配をおかけして申し訳ありません。ただ、我がダイヤモンド・ブラザーズは少々の金融不安ではびくともしません。もちろん、ビジネスモデルに一点の曇《くも》りもございません。どうか大船に乗った気持ちでいてください」

ランリネイは自信満々の笑顔で返した。

「それにしても、我が国の住宅価格が少しばかり下がるのはいいとしても、金融マーケットが混乱すると経済全体への影響も大きい。特に当社は財務戦略を駆使して事業を拡大してきましたから、マーケットの混乱は経営戦略に直結します」

ボッシュ社CFOのジョーンズが話をつないだ。プーリーとは違い、表情はきわめて硬い。

「ミスター・ジョーンズ、全く心配ご無用ですよ。金融市場は少々乱れておりますが、ちょっとした調整局面と見て差し支えないものと思います。ダイヤモンド・ブラザーズは安泰です」

　サイクスがにやけ顔で割って入った。

「しかし、CP（コマーシャル・ペーパー）やABCP市場が機能不全になっている現状は、リスキーであり過ぎます」

　ジョーンズはなおも食い下がった。すっかり酔いがさめている、というよりは初めから少しも酔えない精神状態だったのだ。

「昨日、今日と欧州中央銀行とニューヨーク連銀が大量の流動性資金を市場に供給しました。もうしばらくすれば、鎮静化するでしょう」

　短期金融市場の機能不全を理由に、欧米のセントラルバンクが流動性供給を敢行した。その規模は、欧州中銀が二十五兆円、ニューヨーク連銀が七兆円超にも上る。金融危機としか言いようがない事態だ。

「ベン、まあいいじゃないか。ミスター・ランリネイがここまで太鼓判を押してくれているのだから、心配は無用ということだろう。少しばかりの環境変化で、我が社の拡大戦略を変える気は毛頭《もうとう》ないからねぇ。それよりも今日は野球観戦を堪能しようじゃないか」

　プーリーの一言で、四人の視線はグラウンドに向かった。ジョーンズは視線をピッチャーの投球動作に向けながら、左手のワイングラスを口に運び、オーパスワンと一緒にため息を吞み込んだ。

4

信用力の低い層への住宅ローンという危うい仕組みを起点としたアメリカの住宅バブルは、いよいよ臨界点に達しようとしていた。一年前から問題視されていたサブプライムローン問題は、二〇〇七年に入ると日増しに深刻な状況となっていた。七月には、有数の投資銀行がスポンサーに名を連ねるRMBSや、それらを束ねて加工したCDOの格付けが大幅に格下げされ、スキームの破綻が頻発するようになる。

低所得層でも住宅ローンが組めるので、マイホームを購入する。住宅価格が右肩上がりに上昇している間は問題が発生しない。住宅ローン金融会社は住宅ローン債権を投資銀行が組成するRMBSという形にしてすぐに売却してしまうので、借入人の返済能力などお構いなしでローンを組ませてしまう。投資銀行は複数のRMBSを束ねて加工することでもともとの形を分からなくし、世界中の投資家に販売してしまう。格付機関は個別の住宅ローンの返済可能性など検証することもなく、大数の法則と優先劣後構造を頼りに高い格付けを付与して、投資家にお墨付きを与える。こうした無責任の連鎖が世界中にバブルを拡散させたのだ。

サブプライムローン関連の金融商品は、高格付けで比較的利回りの高い金融商品として、投資家には飛ぶように売れた。しかし、住宅価格の上昇が止まり、おおもとの住宅ローンの返済が滞り始めると、全てが逆回転を始める。投資家が大損をすることはもちろんだが、CDOスキームの組成者として手数料を獲得することに甘んじるのではなく、優先劣後の劣後部分を自ら保有することで高い収益を狙った投資銀行が、最大の損失を被《こうむ》ることになった。欧州中銀やニューヨーク連銀が兆円単位の流動性を市場に供給することで何とか秩序を維持しようと試みるも、抜本的な解決に遠く及ばない。

全米第二位の投資銀行ダイヤモンド・ブラザーズのCEOジョエル・ランリネイはサブプライム住宅ローンで莫大な収益を挙げていた。十年前に破綻した日本の東邦《とうほう》長期信用銀行の再生では、アップルツリーというプライベート・エクイティ・ファンドを率いて、素人《しろうと》集団の日本の政官財を翻弄《ほんろう》し、ほとんどリスクを取ることなく、極めて大きな収益を挙げることに成功した。その余勢を駆って、二〇〇四年にダイヤモンド・ブラザーズのCEOに納まったのだ。

サブプライムローンのリスクを世界中にばら撒《ま》く一翼を担い、ダイヤモンド・ブラザーズでも抜群の業績を上げ、天文学的な数字の報酬を手にしていた。

しかし、強欲なランリネイは、投資銀行自らにハイリスク・ハイリターンのポジションを積み上げさせて収益を極大化しようとしたため、大きな痛手を受けることになる。

二〇〇七年八月十五日の朝八時に、ジョエル・ランリネイとスティーブ・サイクスは社長執務室のソファーで向い合っていた。

社長執務室は三十五階建高層ビルの最上階にある。優に五十畳はあろうか。

「スティーブ、このまま手を拱《こまね》いていても損失は拡大するばかりだ。まずは顕在化した損失で傷《いた》んだバランスシートの修復をする必要があるだろう。態勢を立て直せば、すぐに収益モデルを取り戻せるだろう」

サイクスは長年、ダイヤモンド・ブラザーズでランリネイの直属の部下を務め、伸《の》し上《あ》がってきた男だ。西田の大型ディールを横取りしたこともある。

「ミスター・ランリネイ、これだけ市場が混乱してしまうと、うちに手を差し伸べる余裕のあるところはないのでは？」

ランリネイは厭《いや》そうな顔を露骨に示した。

「金融市場の混乱は、ヨーロッパとアメリカに限定されているのだから、そのほかの地域を探せばいいんだ。俺たちには世界中にネットワークがあるだろう」

思案顔をしていたサイクスの頭に、ふっとニッポンフィナンシャルグループの藤田《ふじた》頭取の気取った顔が思い浮かんだ。

「日本のメガバンク、ニッポンフィナンシャルグループをスポンサーにしてはいかがでしょうか」

サイクスの突然の提案に、ランリネイは懐疑的な視線を向けた。

「ニッポンフィナンシャル？　日本のメガバンクは、ようやく不動産バブルの後始末を終えたところだろう。〝羹《あつもの》に懲《こ》りてなますを吹く〟国民性の日本人が、とても我々に投資をするとは思えないな」

「藤田頭取は平成の鞍馬天狗《くらまてんぐ》を気取っている異彩のバンカーです。最近は特に調子づいていて、〝投資銀行宣言〟などと言い出して、ひとり悦に入《い》っているのをご存じですか」

「藤田頭取は面識があるが、そんなことを言っていたかなぁ」

ランリネイの表情からは全く合点がいっていないことが見て取れた。

「だいたい、鞍馬天狗とは、何だ」

「時代劇の主人公で、神出鬼没の代名詞だそうです。日本法人の大森《おおもり》ＳＭＤ（シニア・マネージング・ディレクター）からも報告が上がっていますが、藤田頭取は投資銀行と組んで派手な仕事をしたがっているそうですよ」

大森郁夫《いくお》は、一九九七年に自主廃業した山三《やまさん》証券の法人企画部課長から、ダイヤモンド・ブラザーズに転職した。西田健雄とは旧友で、今四十九歳だ。西田がウェストン社に入社前、一時的に所属したグレース証券で、自身の片腕としてチームに引き入れようとしたこともある。

「ジャパンマネーなら、もの言わぬ株主として打って付けですよ。以前、東長銀を我々の手で救済してやったのだから、今度は恩返しをしてもらいましょう」

「スティーブがそこまで言うのなら、トライして結構だ。私はオイルマネーを当たってみる。あいつらはスケールが違うから嵌《はま》ればでかいぞ。いずれにしても五十億ドル（五千億円）以上のエクイティを集めないと、死活問題だからな」

5

フレッド・オニールとデービス・オニールの夫妻は、カントリークレジットの担当者、トーマス・フォックスと自宅のリビングで向い合っていた。同年九月十六日の日曜日、午後二時のことだ。トーマスは真夏のような酷暑にも拘《かか》わらず、上着のボタンをきちんと止めている。Tシャツ姿のフレッドとは何とも不釣り合いだ。リビングルームは十五畳、大き目のソファーセットが相当のスペースを占め、残りのスペースには雑然と物が置かれていた。

「オニールさん、今月末に利息分をお支払いいただかないと、延滞が始まってから三ヵ月になります。私どもの会社では、問題債権に分類され、基本的に元本も含めて全額を回収させていただくことになります」

トーマスがロボットのように抑揚《よくよう》のない口調で話すと、たちまちフレッドの顔が紅潮した。

「回収させていただきます、と言われても、金利が倍以上に上がってから利息すら返済できていないのに、元本を一括で返済できるわけがないじゃあないですか」

トーマスは、なおも顔色一つ変えずに応じた。

「それでは、ご自宅を差し押さえさせていただきます。ご自宅の土地・建物を売却して元本・利息に充当させます。余剰分があった場合はオニールさんのものになります。それから、オニールさんの住宅ローンは、当初三年分の利払いが約定金利の半分以下となるタイプですので、三年間は残りの金利分が徐々に元本に加わるように設計されております。こちらがその計算書ですが、延滞中の利息と合わせて、現在のローン元本は四十万ドルとなっています」

フレッドはあまりの怒りに声が出なかった。小刻みに大きな体を震わせていると、今までじっと下を向いて黙っていたデービスが静かな声で訊《き》いた。

「いつまで、この家に住んでいられるのですか」

トーマスは黒縁メガネのフレームを右手の人差し指と親指でつまむと、位置を直しながら、咳払《せきばら》いをひとつした。

「今月末すぐにというわけにもいかないでしょうから、年内ということでいかがですか。売却を進めるためにクリーニングも必要でしょうし。今は住宅の価格が下落基調にありますから、できるだけ早く売却することをお勧めしますよ」

オニール夫妻とトーマスは目を合わせたまま、しばし沈黙した。リビングルームの端《はし》にある、大きな壁掛け時計の秒針の音がかすかに聞こえるだけだ。

突然フレッドが沈黙を破った。

「たったの三ヵ月で出ていけなんて、本気なのか。金を貸す時には上手いことばかり言っておいて、この仕打ちはないだろう。住宅価格は絶対に上がるから大丈夫だと言ったのはお前の会社のセールス担当じゃないか」

フレッドの目には涙が滲《にじ》んでいた。トーマスは無表情のままだ。

「実のところ、我が社はオニールさんの住宅ローンをすでに売却済みでございます。あまり難しいことを申し上げても、とは思いますが、RMBSという有価証券になって世界中の投資家に販売されています。我が社が債権者であればもう少し融通を利かせることもできるかもしれませんが、多くの投資家全員に回収を待っていただくのは困難ですので、ご理解ください」

フレッドはトーマスの言うことが全く理解できなかった。

「何を訳のわからないことを言っているんだ。そのようなことを突然言われても納得できるはずがないでしょう」

トーマスは無言のままだった。

無表情のトーマスを見て、フレッドはトーマスに体を近づけた。

「今、うちの住宅ローンを売却したとか言ったな。ということは、俺が住宅ローンを返せなくても、おたくの会社は痛くもかゆくもないということか。それでさっきから冷酷なことを平気で言えるんだな」

フレッドの口調が乱暴になった。フレッドの言うことは、正鵠《せいこく》を射《い》ているようだが、事実は違う。直接の貸し手がすぐに住宅ローン債権を売却することで、貸し手のモラルハザードを引き起こしたことは事実だ。しかし、フレッドとトーマスが向き合っている時、証券化市場は機能不全となり、カントリークレジットはサブプライム住宅ローンの在庫を売却できずに抱え込んでいたのだ。実のところ、カントリークレジットはすでに死に体で、イースト・アメリカ・バンクの支援を受けて辛うじて息をしている状態だった。

フレッドは両手の拳《こぶし》でテーブルを思いっ切り叩いた。

「もういい。帰ってくれ」

フレッドの罵声を浴びてもトーマスは顔色ひとつ変えず、静かにソファーから立ち上がった。

「また連絡させていただきます」

トーマスが立ち去ってしばらくの間、フレッドもデービスもソファーから立ち上がれず、無言で座っていた。

「こんなことになるなんて……」うつむいたままで、フレッドは蚊《か》の鳴くような声で呟《つぶや》いた。

デービスは顔を上げるとフレッドに体を寄せ、小刻みに震える肩にそっと右手を乗せた。

「この家はもうあきらめましょう。また頑張って働いて、新しい家を買えばいいのよ」

6

西田健雄の執務室の電話が鳴った。受話器を取ると、秘書の杉山恵梨果《すぎやまえりか》の声が響いてきた。恵梨果は十人並みの容姿ながら魅力的な笑顔が印象的だ。スレンダーでやや茶色がかったロングヘアーが腰の辺りまで伸びていた。もうすぐ三十路《みそじ》だと聞いた覚えがある。

「ダイヤモンド・ブラザーズの大森様からお電話ですが、おつなぎしてよろしいでしょうか」

「お願いします。……電話代わりました。西田です」

「西田社長。ダイヤモンド・ブラザーズの大森です。先日はABCPの件でご迷惑をおかけしました。何とか上手く抜けることができて、ほっとしました」

「投資は自己責任ですから、むしろお礼を申し上げるべきなのは我が社の方です」

「そうおっしゃってくださると、気持ちが楽になります。ここだけの話ですが、投資家によっては平気で損失補塡《ほてん》を要求してきますから。バブルの頃は損失補塡が業界の常識でしたが、なかなか業界の体質は変わりません。もちろん、今のご時世、あからさまなことはできませんけどね」

　話の内容に合わせるように、大森の声は自然と小さくなった。つられて西田の声量も少し落ちた。

「そうなんですか。変わりませんねぇ。私も金融に身を置いていた人間ですから、残念としか言いようがありません。日本の投資会社は、運用成績と担当者の報酬があまり連動しない仕組みですからねぇ」

「サラリーマンの運用担当者として、〝失敗したくない〟、という意識が極めて強いということでしょう。ところで、ひとつご相談があるのですが……」

大森の声量が元に戻った。西田は受話器を耳に当てたまま、小首を傾《かし》げた。

「相談ですか。運用の話でしたら遠慮しますよ。もう、懲《こ》り懲《ご》りというのが正直な気持ちです」

西田は自分の口調が刺々《とげとげ》しくなるのを意識した。

「とんでもない。そのようなことをお願いするほど厚顔ではありません。ご相談というのは、ニッポンフィナンシャルの藤田頭取のことなのですが……。西田社長は藤田頭取とご懇意と記憶しております。できましたら、ご紹介いただけないかと……」

西田は大森の真意が読めなかった。もちろん、藤田頭取と面識はあるが、懇意というほどでもない。ニッポンフィナンシャルと日本ウェストン社は取引がないこともある。そもそも、ダイヤモンド・ブラザーズ日本法人の社長は、自分以上に藤田と懇意のはずだ。

「藤田頭取とは何回かお会いしたことはありますが、懇意というわけでは……。もちろん、ご紹介はできますが、むしろ御社の小幡《おばた》社長のほうが適役だと思います。私の出る幕があるとは思えませんね」

「やはり西田社長は鋭いですね。おっしゃるとおりです。ただ、今回はアメリカ本社から私への直接の指示なんです」

「アメリカ本社と言いますと、ランリネイCEOですか」

西田は自分で口にしながら、厭な気分になっていた。聞きたくもない名前を自分の方から口にしたからだ。

「いいえ、ナンバーツーのサイクスからです」

〝サイクス〟という名前を聞いて、西田の気分はさらに沈んだ。ダイヤモンド・ブラザーズ時代、この二人の上司にどれだけ酷《ひど》い目に遭わされたことか。『思い出すだに腹立たしい』とは、このことだ。

「大森さん。その二人は、私にとって思い出すだに、はらわたが煮えくり返る思いです。失礼ながら、藤田頭取にはどのような用件ですか」

激しい嫌悪感を覚えながらも、西田は少なからぬ好奇心を抱いていた。

「西田さんにも、ちょっと申し上げるわけには参りません。申し訳ありません」

面会の理由も言えないで紹介しろ、という了見は到底理解できない。

「分かりました。いずれにしても、今回のお申し出は私の役目ではありませんね。近いうちに食事でもしましょう」

西田は、きっぱりとした口調で申し出を拒絶した。大森がまだ何か言いたそうな様子であることを意識しながら、振り切るように受話器を置いた。

腕時計を覗《のぞ》くと、午後一時二十八分を指していた。午後の会議開始時刻が迫っている。そそくさと机の上の資料を片付けて立ち上がった。

十二月決算のウェストン社にとっての第3四半期があと二週間弱で終わろうとしていた。日本の会社の大半は三月決算なので、九月末は上半期の節目となる。サブプライムローン問題が日増しに大きくなっているものの、日本では〝対岸の火事〟以外の何物でもなかった。不動産価格が高騰し、マンション販売にやや陰りが見られるものの、日本経済は好調というのがコンセンサスだ。

7

西田が大森と帝国ホテルの地下一階にある中華料理店「北京」の個室で夕食を共にしたのは、二〇〇七年九月二十八日金曜日だ。大森からの再度の電話を受け、西田から持ちかけたのだ。午後七時のアポイントメントで、五分前に西田が到着した時には、大森はすでにワイシャツ姿でお茶を飲んでいた。

「西田社長、遠くまで足を運んでいただき、申し訳ありません。御社のオフィスの近くでと考えたのですが、当てにしていた店がどこも予約で一杯だったものですから」

西田が着席するとすぐに、大森が頭を掻《か》きながら照れ笑いを浮かべた。

「気にしないでください。車で二十分程度ですから」

日本ウェストン社は赤坂《あかさか》のオフィスビルから新宿《しんじゅく》西口の高層ビル街にある住友三角ビルの上層階に移っていた。ダイヤモンド・ブラザーズの日本法人は日本橋《にほんばし》のコレド日本橋ビルを大きく占有している。

生ビールで乾杯すると、ほどなく前菜盛り合わせが運ばれてきた。

「先日は電話で失礼しました。西田社長をご立腹させたのではないかと心配しております」

大森は深々と頭を下げた。

「いやいや。こちらこそ、お力になれなくて申し訳ない。私も少し気になっていました」

前菜のクラゲをポリポリと咀嚼《そしゃく》しながら、西田が応じた。

「それはご心配をおかけいたしました。今週水曜日に藤田頭取との面談が叶《かな》いましたので、どうかご放念ください」

大森が笑顔で返した。西田は内心ほっとしながら、一方で好奇心がむくむくと湧いてきた。ダイヤモンド・ブラザーズの日本法人SMDの立場で、大森はメガバンクの頭取にどんな用向きがあるのか。ランリネイとサイクスの名前も気になる。

ビールから紹興酒《しょうこうしゅ》に変わったタイミングで、西田が切り出した。テーブルには、小皿に取り分けられたフカヒレの姿煮《すがたに》とアワビのオイスターソース煮が並んでいた。

「ところで、ニッポンフィナンシャルの藤田頭取と面会されたそうですが、藤田頭取はサブプライムローン問題について、どのような見解でしたか」

大森はいい具合に酔いが回っているのか、シリアスな質問にも笑顔を崩さなかった。

「ニッポンフィナンシャルも相応にサブプライムローン関連の投資を行っているようですが、大雑把《おおざっぱ》に言えば〝かすり傷〟程度の認識でした」

西田は想像どおりの応えに、大きく首を縦に振りながらアワビに箸《はし》を伸ばした。

「意外に楽観的なんですね。もう少し事態は深刻なようにも思いますけど……。ところで、大森さんが藤田頭取に面会した真意は何ですか。確か、サイクスCOOからの勅命とか……」

西田が切り込むと、さすがに大森は一瞬考える顔になったが、ロックの紹興酒を口に含んで笑顔に戻った。

「西田社長なのでお話ししますが、くれぐれも他言無用でお願いしますよ。実は、ニッポンフィナンシャルにダイヤモンド・ブラザーズへの出資をお願いしたのです」

西田の顔が引き締まった。

「出資ですか。〝投資銀行宣言〟のニッポンフィナンシャルですから、御社への出資に関心を持つかも知れませんが……。御社側から持ちかけるということは、サブプライムローン問題の影響が相応に大きいということですね」

あまりに西田がずけっと言うので、大森は一瞬厭そうな顔になったが、すぐに笑顔に戻った。

「まぁ、そうなんでしょうかねぇ。西田社長はさすがに元ダイヤモンド・ブラザーズのエースだけあって、お詳しいですね。現役のインベストメントバンカー顔負けです。くり返しますが、ここだけの話でお願いします」


ニッポンフィナンシャルがダイヤモンド・ブラザーズへの出資を公表したのは、二〇〇八年一月十五日だ。普通株への転換権のついた優先株で千三百億円。ダイヤモンド・ブラザーズは同時にクウェート投資庁や韓国投資公社にも出資を仰《あお》ぎ、増資総額は七千百億円に上った。

有力経済誌が「不振の米大手証券に日本のメガバンクが出資。サブプライムの影響が軽微な邦銀が海外攻勢に出た」と好意的に報じた。一方で、ニッポンフィナンシャル自身も二〇〇七年度下期に一千億円のサブプライム関連損失を見込んでおり、グループ全体で八千億円のＲＭＢＳを保有していることから、当該出資に首を傾げる証券アナリストも少なくなかった。

8

日本ウェストン社社長の西田健雄は、CFOの吉田剛《よしだつよし》を社長室に呼び出した。二〇〇八年一月三十一日の午前八時三十分過ぎのことだ。

ドアをノックして入室した吉田は、「社長、お呼びでしょうか」とはっきりとした声で訊いた。目鼻立ちの整ったなかなかの美男子だ。日本の電機メーカーで課長まで務めた後、CFOとしていくつかの外資を渡り歩き、一昨年から日本ウェストン社に在籍している。

西田に勧められてソファーに腰を下ろしたタイミングで秘書の恵梨果がコーヒーを二つ運んできた。西田はブラック、吉田はミルクを入れてスプーンで二、三回かき混ぜた。

「欧米ではサブプライムローン問題の火の粉が広がって収まる気配は全くないが、我が社の資金繰りに問題はありませんか」

吉田はコーヒーカップをソーサーに戻して、居住まいを正した。

「実のところ、やや不穏な動きがございます。十一月頃にシンジケートローンでの資金調達を提案してきたシチズン・バンクが、なかなか組成が難しいと言ってきました。私は『自分で提案しておいて難しいとはどういうことか』と叱責したのですが、『環境が変わった』の一点張りで、取り付く島もありません。今のところ資金が足りなくて困っているということでもないので、それ以上の対応はしておりません。それにしましても、シチズン・バンクは無責任としか言いようがありません」

シンジケートローンとは、大口資金調達ニーズに対して、一つの契約書に基づき複数の金融機関が貸付を実行する融資形態を意味する。取りまとめ役のアレンジャーはその対価として相当な手数料を手にすることができる。

西田の表情がかすかに陰った。

「そのシンジケートローンはシチズン・バンク以外に、どの銀行が参加する予定だったの？」

吉田は、何でそんなことを聞くのだろうと訝《いぶか》りながら、応えた。

「シチズン・バンク以外にはイースト・アメリカ・バンク、ベルリンバンク、フランスのパリバンク、香港ベイジジン銀行などと聞いております。シチズン・バンク・グループは今月十五日に十月〜十二月の四半期決算で百億ドル近い赤字を公表しましたから、世界的な縮小方針に転換したのかもしれません」

「シチズン・バンク・グループは尋常ならざる事態だと思う。ただ、他の銀行が無傷と考えるのもどうかな。シチズン・バンクが提案していたシンジケートローンは、日本の銀行は全く想定外ということかぁ。私は、今回のサブプライムローン問題の帰結がとんでもないことになるような気がしてしょうがない。市場調達が機能しなくなる事態も想定される。対岸の火事の日本では銀行が大きく傷むことはないだろうが……。今のうちから、日本の銀行とのリレーションを密にしてください。多少のコストにはこの際、目を瞑《つぶ》ろう。本当のパニックとなった時、日本の銀行は一見《いちげん》の客には絶対に資金を貸さないからね」

西田の思いもよらない突然の提案に、吉田は意表を突かれた形で一瞬思考を失った。無言の吉田に対し、西田が「おい、吉田くん。聞いているのか！」と声を荒らげた。

「はっ、はい。聞いております。ただ、シチズン・バンクの提案も受けるつもりはありませんでしたし、長期資金を調達する必要は全くありません。市場が機能しないなんて、そんなに深刻な状況になるのでしょうか」

吉田の応えに、今度は西田が無言になった。腕を組み、視線は天井の方向だ。

『確かに、慎重すぎるか。いや、アメリカの金融市場で万が一パニックが起これば、日本だって無傷では済まない。大森によれば、あのダイヤモンド・ブラザーズまでもが相当の傷を負っているのだ』

西田は意を決して吉田を見据えた。

「正論は吉田くんの言うとおりだ。無駄なコストをかけるのはＣＦＯとして抵抗が強いだろう。しかし、万が一にも資金調達が不能となった場合には取り返しのつかないことになる。保険だと考えてくれないか。アメリカの本社には、私が直接説明しておくから」

「社長がそこまでおっしゃるのであれば、仰《おお》せに従います。とりあえず、決済口座のある光陵《こうりょう》ＪＦＧ銀行の新宿西口支店に相談してみます」

吉田が光陵ＪＦＧ銀行新宿西口支店長の加納正人《かのうまさと》と面談したのは二月六日水曜日の午前十時だ。前日の午後、担当課長の西沢《にしざわ》に融資の相談をしたいと電話で伝えたところ、翌日、支店長が飛んできたのだ。加納は五十歳前後だろうか。ギョロ目が特徴的な、いかにも現場叩き上げの支店長という風貌《ふうぼう》で、小柄ながらなかなかの迫力だ。

「支店長、さっそくにご面談いただき、ありがとうございます」

吉田がにこやかに切り出すと、「何をおっしゃいますか。吉田ＣＦＯにご相談を受けて、その場で馳せ参じなかった無礼をお許しください。今朝方《けさがた》、吉田ＣＦＯからお電話を頂戴したと聞きまして、西沢を叱りつけたところです。で、資金調達をご検討とか……」

加納のレスポンスに吉田は圧倒された。恐らく、ＪＦＧ出身の支店長に違いない。

光陵出身でこのフットワークは考えにくい。加納の横で光陵出身の西沢が下を向いて黙っていた。西沢は三十二、三歳だろうか。

「ええ、我が社も日本独自の資金調達を検討するようにアメリカの本社から指示を受けておりまして。日本での製造拠点の拡充も視野に入っていますが、いま現在、具体的な計画はありません。むしろ、日本のメガバンクとのリレーションをきちんと構築することからスタートしたいと考えております」

加納のギョロ目がさらに大きく見開かれた。

「そうしますと、短期の融資枠を設定するイメージでしょうか。コミットメントラインを設定いただけると、弊行としてもありがたいところです」

コミットメントラインは、短期の借入がいつでも可能となる資金枠で、企業は契約締結時に銀行から借入実行を約束してもらう対価として、コミットメントフィーという手数料を支払うことになる。手数料の水準は枠を設定する企業の信用力に応じて異なり、当然信用力が高いほど、手数料は安くなる。

「コミットメントラインの設定でもいいのですが、弊社としては御行とのリレーションという点では、長期借入をさせていただく方が有効かとも考えております。ラインの設定ですと、どうしても不要な資金は借り入れづらいですからねぇ」

「どれくらいのロット（金額）をご準備すればよろしいでしょうか」

加納は興奮を隠すことなく質問した。世界有数のウェストン社の日本法人に対して、いきなり長期資金を貸し出してできるとは、にわかに信じがたい話だ。

「そうですねぇ。あまり小さな数字でもコスト割れでしょうし、かといって新宿西口支店さんに負担が大きすぎても申し訳ないので、百億円くらいを目途《めど》に条件を出してください。一応、コミットメントラインの提案も合わせていただけると、弊社内での検討の材料になるのでありがたいですね」

一週間後に光陵ＪＦＧ新宿西口支店から提示された提案書は以下のとおりだった。

一　コミットメントライン　百億円
　借入申し込み可能期間　一年間
　借入期間　一ヵ月、三ヵ月、六ヵ月
　金利　ＴＩＢＯＲ＋〇・三％
　コミットメントフィー　年〇・一％

二　長期運転資金　百億円
　借入期間　五年
　金利　三ヵ月ＴＩＢＯＲ＋〇・四五％（変動）

コミットメントラインは、年間百億円に対し〇・一パーセント、つまり一千万円支払えば、いつでも短期資金の借入ができるという契約だ。二つ目は、五年間の長期借入で、資金使途は長期運転資金という名目だが、実態としては何に使っても借りる側にお任せということだ。金利は三ヵ月毎《ごと》に変動するが、例えば三ヵ月TIBORが〇・三パーセントなら支払金利は〇・七五パーセントで七千五百万円となる。

当座の資金を必要としないため、コミットメントラインの方が日本ウェストン社にとって有利だ。吉田はコミットメントラインの採用を主張したが、短期間で日本のメガバンクとのリレーションを強化するには銀行にとってメリットのある取引をすべき、とする西田の主張で、長期運転資金を借り入れることに決定した。

支店長の加納が小躍りしたことは、想像に難《かた》くない。実質無借金企業の日本ウェストン社との融資取引開始は、社内表彰間違いなしの快挙だ。しかも、いきなり百億円もの金額を長期で貸し出すことができる。中堅中小企業中心の支店取引先では、一件あたり一億円でも大口の部類に入る。金利条件もこちらの言い値をそのまま呑んでくれるとあっては、文句のつけようもない。形式的な審査および事務手続きを経て、融資が実行されたのは月末の二月二十九日金曜日だ。

9

フレッド・オニールの勤める〝クローバー社〟の自動車組み立て工場は、セントルイス市街から二十キロほど南下した場所にある。セントルイスの冬は寒く、一月、二月には氷点下の朝も珍しくなかった。フレッドは築四十年を超えた賃貸集合住宅の玄関を出ると、ダウンジャケットのファスナーを顎《あご》の下まで引き上げた。白い息が空中に放たれた。駐車場までは歩いて五分だ。

フレッド一家は、年末に四年弱暮らした一戸建てを追われ、ワンベッドルームの賃貸住宅に引っ越した。あまり治安の良くない地区だが、贅沢《ぜいたく》も言っていられない。小学三年生のケニーは、両親の心中を察してか、文句ひとつ言わずに明るく振る舞っていた。引っ越しから二ヵ月たって、ようやく新しい学校にも慣れてきたようだった。

米国ビッグスリーの一角を占めるクローバー社は、一九九八年にドイツの名門ダイム社と合併し〝ダイム・クローバー〟となった。対等合併の形態をとってはいたが、実質的にダイム社による吸収合併だった。しかし、イラク戦争後の原油高で業績が低迷、昨年五月にダイム社に見放されることとなり、クローバー部門が分離され、新生クローバー社として投資会社（ファンド）の傘下に入っていた。投資会社がスポンサーとなれば、合理化に邁進《まいしん》するのは約束事だ。さらに住宅価格の下落を契機とする個人消費の低迷が、クローバー社の業績を直撃するに至って、事態は深刻化していた。

米国社会の成長は、全てが住宅価格の上昇が継続することで成立していた。住宅価格が購入時よりも値上がりすると、担保価値が上昇し、新たな借り入れが可能となる。賃金が大幅に上昇するわけでもないから、大きな買い物は借金前提となる場合が多い。せっせとお金を貯めて大きな買い物をするような国民性ではないから、借り入れできればすぐに借金をして消費する。自動車はその典型だ。住宅価格の上昇が自動車産業の成長を支えている、と言っても過言にはならない。

フレッドが一年半前に新車を購入したのも、全く同じ構図だ。ただ、フレッドは時給の高い部類のため、住宅ローンの返済負担さえなくなれば、日々の生活は充分に成立する。家は追われても、住宅ローンがなくなり、自動車を手放す必要はなかった。但し、これは職を維持できていることが前提だ。

投資会社にとってサブプライムローン問題の深刻化と、更なるクローバー社の業績低迷は想定を超えていた。当然、クローバー社の経営陣に対して、投資会社からの厳しい合理化要求に拍車がかかっていた。

フレッドは、数人のグループで昼食を取っていた。工場の食堂は大勢の従業員が途切れることなく出入りしてガヤガヤしていた。自然と話し声も大きくなる。隣に坐っていたルイスがチキンスープを啜《すす》りながら言った。

「どうやら、この工場は閉鎖されるらしいぞ」

フレッドはマルゲリータ・ピッツァを左手に持ったまま動きを止めた。

「えっ、何だって」

「だから、リストラでこの工場は閉めるんだとよ」

ルイスはぶっきらぼうに言い放った。口の中でハンバーガーをもごもごしながらなので、少し聞き取りにくかった。

「本当なのか。もし工場がなくなったら、俺たちはどうなるんだ」

フレッドは上半身をルイスの方に向けながら、語気を荒らげた。

「そんなこと、知るものか。クビになるか、上手くすればデトロイトで雇ってもらえるかもしれないけど、この景気じゃあ難しいだろうな」

ルイスはピクルスを口の中に放り込んだ。

「おまえ、工場がなくなっても大丈夫なのか。俺は、ついこの間、マイホームを金融屋に取り上げられたばかりなのに……。そのうえ仕事までなくなったら、生きていけなくなる」

フレッドはがっくりとうなだれたまま、蚊の鳴くような声でつぶやいた。

「俺は独り身だから、どうとでもするさ。ここにも何ら愛着はないね」

フレッドの脳裏に、ふっと引っ越しの時のケニーの寂しそうな笑顔が浮かんだ。

10

二〇〇八年三月十四日、全米第五位の投資銀行ブルー・スターが経営破綻した。その二日前に同社CEOのミケルソンが一月〜三月の四半期黒字予想を経済専門チャンネルの番組で発表した矢先のことだ。十二日の株価は六十ドル弱。週明けにモレガン銀行が一株二ドルで救済買収すると公表された。モレガン銀行の背後にはFRB（連邦準備制度理事会）が存在した。FRBの支援を前提にモレガン銀行が買収に応じたのだ。FRBは投資銀行を直接救済することはできないが、ブルー・スターの破綻が金融市場をパニックに陥れるリスクの回避を選択せざるをえなかったのだ。

十三日、ミケルソンはFRBを訪れ、「明日には資金ショートする。このままでは連邦破産法第十一条（日本の民事再生法）を申請せざるをえない」と伝えてきた。そこから週明けまでの三日間でFRBは救済策を捻《ひね》り出したと言える。選択肢の中には、他の投資銀行と合併させるという案もあり、ダイヤモンド・ブラザーズのランリネイにも当然打診があった。ランリネイに電話をかけてきたのは、ニューヨーク連邦銀行総裁のウイリアムだ。十三日の夜十時半過ぎのことだ。

「ウイリアム総裁直々《じきじき》にお電話をいただくようなヘマをした覚えはございませんが……。何か緊急事態でもございましたか」

ランリネイは突然の電話に戸惑いながら、とぼけたふりをして相手の様子を窺《うかが》った。

「時間がないので、率直に申し上げる。あなたのところで、ブルー・スターを引き受ける気はないか」

「ブルー・スターを引き受ける、とおっしゃる意味は、買収しないか、ということですか」

いきなり切り込まれて、ランリネイは一気に心拍数が急騰した。受話器を持つ手が汗ばむのも無理はない。

「そういうことだ」

ウイリアムは抑揚のない声で短く返した。

「えーと……。価格次第でございましょうか。もちろん中身も精査しないことには、〝イエス〟と即答することはできかねます」

ランリネイは神経細胞を高速回転させて損得勘定を行った。ブルー・スターがサブプライムで相当のダメージを受けていることは確実だ。連銀が乗り出している以上、政府の支援は当然だから、それ自体で割りを食う可能性は低いだろう。政府に恩を売れば、いろいろな場面で役立つことも考えられる。ジャパンマネーやオイルマネーで資本増強したので、当座の問題はない。ここは、検討できると言っておく手ではないか……。

「精査してもらう時間はない。他を当たるよ。夜分連絡して申し訳なかったが、この電話はなかったことにしてくれ。では失礼」

「あ、ウイリアム総裁、ちょっと、待って……」

ランリネイが話を続けようと呼びかけた時には、一方的に電話は切られていた。しばらく受話器を手にしたまま立ち尽くした後、「ガッデム」と言いながら受話器を手荒に叩きつけた。

ランリネイはすぐに携帯電話でサイクスを呼び出した。サイクスはワンコールで出たが、少し呂律《ろれつ》があやしかった。

「ミスター・ランリネイ、夜分にどうなさいましたか」

「スティーブ、遅くに申し訳ない。たった今、ニューヨーク連銀のウイリアム総裁から電話があった。『ブルー・スターを買わないか』、という打診だった。さすがに、一瞬逡巡《しゅんじゅん》していたら、『緊急を要するので結構』と電話を切られたよ。連銀に恩を売るチャンスを逃したような気がして、少し後悔しているんだ」

ランリネイの声量は自然と絞《しぼ》られていた。サイクスは想像もしなかった話に酔いが一気にさめ、しゃきっとなった。

「ミスター・ランリネイ、我が社の状況に鑑《かんが》みますと、お断りして正解ですよ。当座はニッポンフィナンシャルやクウェートからの増資で息をついていますが、一寸先が読めない状況ですから。さすがのご判断です」

サイクスは即座にゴマを擂《す》った。本音は、「連銀に恩を売っている場合か」なのだが、そんなことを言う必要もない。

「やっぱり、そうだな。うん、良かった。遅くに申し訳ない。おやすみ」

ランリネイは明るい声で電話を切った。

三月十六日の深夜、モレガン銀行によるブルー・スターの買収が公表されると同時に、ＦＲＢが直接投資銀行に融資する制度の創設が公表され、最大三百億ドルの特別融資が決定された。モレガン銀行による買収価格は一株当たり二ドルで、十四日金曜日終値の十五分の一の水準だ。実質的な政府の救済により、米国市場は一旦《いったん》落ち着いたかに見えたが、これは破滅の入り口に過ぎなかった。同じタイミングで米国投資銀行第四位のリーマン・ブラザーズが破滅へのカウントダウンに入っていたのである。

第二章　落日の予感

1

ヴィーン。ヴィーン。

枕元に置いた携帯電話が激しく振動していた。

西田健雄《にしだけんゆう》は、意識がはっきりしないまま掛布団《かけぶとん》から腕だけ伸ばして携帯電話を手に取った。

キングサイズのベッドで西田の横に寝ているのは、ガウン姿のジャネットだ。ジャネットは携帯電話の振動に全く気付かないのか、微動だにしなかった。

西田は午前十時半からのシチズン・バンク本店（イースト五十八丁目、レキシントンアベニューと三番街の間）でのミーティングに備えて、前日の夜シカゴからニューヨーク入りしていた。

ジャネットとはザ・キタノホテルニューヨーク（イースト三十八丁目、パークアベニュー）の一階ロビーで夜七時に落ち合った。そのままチェックインし、ルームサービスで夕食を済ませた。

長男の雄介《ゆうすけ》が予定より一ヵ月早い二〇〇一年一月二十一日に生まれて以来、ニューヨークへの出張とジャネットとの逢瀬《おうせ》が重なることが増えていた。

「あなた、まだ眠っていたの。ニューヨークが大変なことになっているのよ。起きてすぐにテレビをつけて！」

耳元で妻綾子《あやこ》の叫ぶような声が聞こえ、西田は一気に目が覚めた。

「えっ、テレビ。何だって」

「とにかく早くテレビをつけて」

テレビのリモコンを操作した西田の目に飛び込んできたのは、ＣＮＮが報じる、まるで映画のシーンのような映像だった。高層ビルの壁面に穴があいていて、そこから灰色の煙が止めどなく吹き出し続けている。

「ええっ！　これ、ワールドトレードセンターなのか……」

「そう。世界貿易センタービルよ。飛行機が突っ込んだみたい。ミサイルが撃ち込まれたという報道もあるわ。あなた、マンハッタンのどこにいるの。とにかく無事が確認できてよかったぁ」

綾子の興奮した顔が目の前にあるようで、西田は心臓の大きな高鳴りを意識した。

「どこって、ホテルに決まっているだろう。ニューヨーク出張でいつも使っているキタノホテルだよ。十時半のアポだし、ここから歩いて二十分ほどのところだから、九時に起きれば充分だと思って、昨日は少し夜更かししたから……」

西田は無意識に弁解がましく応えた。

ジャネットがベッドで寝返りを打っているのが視界に入った。テレビ画面の時報は八時五十八分を示していた。

「それより、由佳《ゆか》ちゃんがあなたと一緒にランチを食べる約束だったでしょう。七時過ぎにオヘア空港に送って行ったのよ。こちらを八時過ぎに出る便でラガーディア空港に向かうって言っていたけど、大丈夫かしら。携帯電話を持っていないから、連絡の取りようもないし……」

由佳は、先妻の佳乃《よしの》との子供で、離婚当時は東京の女子大付属小学校の四年生だった。高校二年生になった由佳は、学校の短期留学制度を利用して一ヵ月間ボストンに滞在していたが、終了後にシカゴの西田家を訪れていたのだ。

母親の佳乃との距離感は絶妙で、父親に会うのはもちろんのこと、再婚相手の綾子とも親しくなるほど心豊かな女性に成長していた。もっとも、いくらなんでも西田とジャネットの男女関係までは知り得ていなかった。

むろん綾子も。バレたら一巻の終わりぐらいのことは、西田は百も承知していた。

西田の心臓の鼓動が更に高まった。確かに今日、由佳と一緒にランチを食べる約束をしていた。十二時に、世界貿易センタービル最上階のレストランでの待ち合わせだ。

「由佳はシカゴを八時に出る便に乗るんだな。ニューヨーク時間の九時だから、もうすぐ離陸するところか。僕の携帯の番号は知っているから、困ったら電話してくるだろう。いずれにしても、何かあったら電話するから、一回切るぞ」

西田は胸の高鳴りを抑え込むように、精一杯落ち着いているふりをした。

「ああ、飛行機が……」

テレビの画像を見ながら携帯電話を切ろうとしたタイミングで、綾子の声と衝撃の映像が同時に西田を襲った。

「ああ、ダメだ。ぶつかる」

ツインタワーのもう一棟に航空機が衝突し巨大な火炎を噴き上げるシーンが目の前に映し出された。

「これは、酷《ひど》い。本当に現実の出来事なのか……」

九時三分を回ったところだ。晴天の青空にひときわ高く聳《そび》え立《た》つワールドトレードセンタービルの南棟から、火炎を包んだきのこ雲のような黒煙が噴き上がっている。

「ああっ……」

綾子も西田も言葉が出てこなかった。西田は直立し、携帯電話を耳に当てたままテレビの画面を凝視していた。

ふいにジャネットが「ううっ」と声を発しながら寝返りを打った。西田は「はっ」として「外の様子を見てくる。また連絡する」と言って折りたたみ式の携帯電話を畳《たた》んだ。

2

西田は、白いボタンダウンシャツに紺色のスラックス姿でホテルの外に飛び出した。部屋を出る際にジャネットを揺り起こし、「もう九時過ぎだから身支度をして」と言い残した。

エレベーターの扉が開くと同時に、ロビー階の喧騒《けんそう》が伝わってきた。エントランスでは引っ切りなしに人が出入りしている。フロントにはチェックアウトの手続きを待つ人たちが行列を作っていた。

誰もが平静ではいられない様子が見て取れた。人ごみをかき分けるようにして通りに出るやいなや、けたたましいまでのサイレン音がマンハッタンを覆っていることを嫌でも意識させられる。

西田はパークアベニューに出ると南の方角の上空を見上げた。煙と旋回するヘリコプターが小さく見える。ワールドトレードセンターはパークアベニューの延長線にある。距離にして五キロメートル余りだ。

『この渋滞だとイエローキャブに乗ってもダメか。ワールドトレードセンターまではさすがに歩けないしなぁ。それにしても、一体なにが起きたんだ』

西田は小声で呟《つぶや》きながら、しばらく南の上空を見上げていた。サイレン音と車のクラクションの騒音は途絶えることがなかった。ズボンのポケットから携帯電話を取り出して着信履歴から綾子の携帯を呼び出した。しばらく電子音が鳴ったあと、電話が繋《つな》がらない旨の音声案内に変わった。西田は『九時三十二分か。チェックアウトに時間がかかりそうだから、一旦《いったん》戻るか』と独りごちた。

西田は歩きながら、携帯電話を右手の人差し指で操《あやつ》り、電話帳に登録されているシチズン・バンクのジョンソン営業部長に発信した。しかし、結果は綾子へのコールと同じだった。

部屋に戻ると、ジャネットがベッドの端《はし》に座り、テレビを凝視していた。相変わらずガウン姿のままだ。テレビにはブッシュ大統領が演説している姿が映し出されている。

「ケン、大変なことになっているわ。今、ブッシュ大統領が、非常事態を告げているの。合衆国は健在、犯人は必ず捕まえる、と言っているけど、何の根拠もないに決まっている……」

西田はちらっとテレビ画面に目をやってから、ジャネットの横に立った。

「ああ、とんでもないことが起こっている。二機目の航空機がビルに激突する瞬間の映像を見たろう。この世の光景とはとても思えない。ただ、もうすぐチェックアウトの時間だ。十時半に約束しているシチズン・バンクに向かわないと。非常事態だから面談できるか分からないが、電話が繫がらないので、直接行ってみるしかないな」

ジャネットは西田の右手をつかむと思い切り自分の座っている方向に引き込んだ。

「ケン、座って。この非常事態に何を言うの。チェックアウトをしても、当分マンハッタンから出られない可能性だってあるわ。むしろこのままこのホテルに今夜も泊まれるように、手配すべきじゃないの」

引く手のあまりの強さに、西田はおもわずベッドに座っているジャネットの上にのしかかる形になった。

不自然な格好でジャネットと至近距離で見つめ合いながら、西田は自分でも意外なくらい冷静に考えを巡《めぐ》らせていた。確かに、マンハッタンから動けなくなることは充分に考えられる。由佳がここに来ることも考えておく必要があるだろう。

「ジャネットの言うとおりだ。ホテルを押さえておくにこしたことはない。ただ、どういう状況になるか分からないので、ジャネットにも別の部屋をブッキングしておいた方がいいだろう」

ジャネットはまたしても西田を力任せに引き寄せると、唇を重ねてきた。

「ワンダフル。しばらくケンと一緒にいられるのね」

ジャネットは艶《つや》っぽい声で囁《ささや》いた。西田は両手をベッドについてジャネットを振り解《ほど》いた。

「緊急事態に何を言ってるんだ。いずれにしても、シチズン・バンクに行くので、その間にホテルの手続きをしておいて」

3

絶え間なく大量の煙を吐き出し続ける二棟の超高層ビルの映像を見つめながら、西田は濃紺地に水玉模様のネクタイを締めていた。

九時五十九分、二機目の航空機が衝突した南棟が、突然上層階から下層階に向かって崩落していった。

ジャネットはベッドに横たわった姿勢から上体を起こして「オーマイガー。オーマイガー」と何度も叫んだ。西田は言葉にならず「ああっ」と呻《うめ》くしかなかった。崩れ落ちていくビルのあらゆる部材、コンクリートやガラスが粉々に砕《くだ》け、大量の煙とともに四方に拡散していく様子が鮮明に映し出されていた。

「ケン。私を置いて行かないで。たった今、目と鼻の先でこんなに大変なことが起こっているのよ」

ジャネットは潤んだ目で訴えた。西田はあまりに凄惨《せいさん》な映像に思考能力が低下していた。

「だいたい、シチズン・バンクだって商談ができるような状況とは思えない。こんな緊急事態に仕事だなんて、正気なの。ねぇ、ケン」

数秒の沈黙の後、西田が絞り出すような声で言った。

「ともかく、もう一度シチズン・バンクに電話してみるよ。ジャネットも家に連絡した方がいい」

「主人は、昨日からサンフランシスコの学会に行っているから、自宅にはいないわ。三時間の時差があるからまだ起きていないかもしれないけど、心配しているといけないから、携帯電話にかけてみる」

西田は胸のポケットから携帯電話を取り出すと、シチズン・バンクのジョンソン営業部長への発信履歴を操った。結果は三十分前と全く同じだった。続けてウェストン社シカゴ本社の自分のダイレクト番号を呼び出したが、やはり電話が繋がることはなかった。

「電話は全く通じない。しばらくは、テレビだけが情報を入手する唯一の手段かもしれない」

西田がジャネットのほうを見ると、同じく携帯電話が繋がらなかったようで、「ダメだわ、繋がらない」と首を左右に振っている。

ジャネットは、日本で詐欺事件を起こしたグレース証券オーナーのマイケル・A・パターソンと離婚し、二十以上歳上の大学教授と再婚した。まだ三十三歳の女盛りだ。パターソンも再婚相手の大学教授も、あっという間に彼女の魅力に陥落するのは頷ける。しかしパターソンが窮地に陥るやいなや、さっさと見切りをつける、したたかな女でもあった。

西田は初めて出会った翌日に当時パターソン夫人だったジャネットのほうからアプローチされ、十日と経たないうちに男女の関係になった。四年前の六月のことだ。

当時はダイヤモンド・ブラザーズのニューヨーク本社で、M&Aを担当するヴァイス・プレジデントだった。上司にトロフィ・ディール（大型案件）を横取りされて、心がささくれだっていたのは確かだ。まだ綾子と出会う前で、バツイチながら独身、更に魅惑的なジャネットに誘われて断り切れるはずがない、というのが後に西田の出した結論だ。

ハーバード・ビジネス・スクールで同窓だったチャーリー・ドナーに誘われて、米国の大手製薬会社ウェストン社日本法人に入社し、ジャネットとの関係も一旦途絶えた。しかし、シカゴ本社勤務になってすぐにジャネットから連絡があり、ほどなく関係は復活した。ただし、西田が積極的になったことは一度としてなく、常にジャネットからの誘いを断り切れずに逢瀬を重ねている。西田は自分の意志の弱さを自覚はしても、罪の意識は軽かった。

二人は並んでベッドの端に腰を掛け、テレビの映像を黙って見つめていた。十時三十分前に、今度は北棟が崩れ落ちた。

「ああっ」

「オーマイガー」

目の前で繰り返される惨劇に、西田もジャネットもただただ呆然《ぼうぜん》とするしかない。

西田はふと、大学の同期で芙蓉《ふよう》銀行に入社した山本大輔《やまもとだいすけ》のことを思い出した。確かニューヨーク支店で、オフィスはワールドトレードセンターのはずだ。

『芙蓉の山本は無事だろうか。飛行機が激突してからビルが崩壊するまで、南棟だと一時間弱、北棟で一時間半か。確か結構高層階にオフィスがあったと思うけど、何とか避難してくれているといいのだが。飛行機が直接突っ込んだ場所だと助かりようがないし、祈るしかない』と呟いた。

ジャネットは日本語が理解できないこともあり、何の反応も示さなかった。

あいつは仕事熱心だから、大事な書類なんかを大量に持ち出そうとしている可能性もあるなぁ。頼むから無事でいてくれ……。

西田は数日後に、一度は避難階段を下りていったが、『安全に問題なし』とする館内放送を受けて重要書類を取りにオフィスに戻り、命を落とした芙蓉銀行の幹部行員がいたことを知った。

4

テレビ画面に映し出される映像と、何も変わることのないホテルの部屋のギャップが、西田にとってある種のストレスとなり始めていた。それはジャネットも同じなのだろう。西田は「少し外の様子を見て来るよ」と言ってベッドから立ち上がった。

「外に出たって何もできないわ。まだお昼前だけど、ルームサービスを取って、ワインでも飲みましょう」

ジャネットは西田の前に立ちはだかった。西田は『こんな非常事態に何を言っているんだ』と思いながらも、本音をぐっと呑み込んだ。

「この部屋にどれだけいることになるか分からないから、食べ物を買い込んでくるよ。ジャネットは、好きなものをルームサービスで注文しておくといい」

ジャネットは、「それはそうね。事件に巻き込まれた人には申し訳ないけど、ケンと思いがけず長い時間一緒にいられてハッピーね」と屈託《くったく》のない笑顔を作った。

西田はエレベーターで一階に降りると、まずフロントに向かった。フロア全体は相変わらず人がごったがえしているが、フロント前の行列は解消されていた。

「本日チェックアウト予定の西田ですが、延泊をお願いできますか。それから、親戚の娘が一人来る予定なので、もう一部屋ブッキングできるとありがたいのだけど」

フロントの女性は日本人のようなので、西田は日本語で尋《たず》ねた。キタノホテルは日本人のスタッフが多い。

「少々お待ち下さい。延泊は問題ありません。チェックアウトは明日でよろしいでしょうか」

「そうだなぁ、明後日までブッキングして下さい」

「かしこまりました。追加のお部屋も明後日まででよろしいですか。お部屋のタイプはどうなさいますか」

「明後日で結構です。部屋のタイプは、今の部屋と同じものがあればありがたい」

西田は、新しいルームキーを受け取ると部屋番号を確認した。五〇七とある。昨晩から泊まっている部屋は七〇五なので階が違う。

西田はズボンのポケットにルームキーをしまいながら、エントランスに向かった。

パークアベニューに出ると、頭髪が激しく乱れ、埃《ほこり》まみれで、着の身着のままという身なりの人々が、ひっきりなしに北の方角に向かって歩いていた。誰もが険しい顔をし、足取りは重い。裸足《はだし》の人もいた。全身びしょ濡れの女性は、消防車からの放水を浴びたのだろうか。ワールドトレードセンターから一時間以上歩いて逃げてきたのだろうか。

西田は、絶え間なく続く無言の行進を呆然として見つめていたが、大きな眼鏡《めがね》をかけた馬面《うまづら》の白人を認めて、「はっ」となった。

ダイヤモンド・ブラザーズ時代に西田からトロフィ・ディールを横取りした張本人、スティーブ・C・サイクスではないか。上着を右手で抱え、明らかに疲労の色を滲《にじ》ませていたが、服装はきちんとしていた。ウォール街にあるダイヤモンド・ブラザーズの本社から、避難してきたのだろうか。

西田は一気に現実の世界に引き戻された。携帯電話を取り出し、綾子を呼び出した。やはり繋がらなかった。「まだ、当分携帯は使えないか」と呟きながら上空を見上げた。抜けるような青空に無数のヘリコプターが旋回していた。鳴り止まないサイレンの音を聞きながら、避難民の行列を掻《か》き分《わ》けてワンブロック先のデリカテッセン（総菜屋）に向かった。

5

十六オンス（約四百八十ミリリットル）ペットボトルのミネラルウォーターを六本と、チーズやポテトチップスなどのスナック類を無造作に買い込んだ。店内には、これといった食べ物はほとんど残っていなかったのだ。

ホテルに戻ると、ジャネットがオーダーしたルームサービスのご馳走《ちそう》がテーブルを占領していた。

西田は、両手の買い物袋を高く掲げて、「ほとんど食べるものはなかったよ。ミネラルウォーターは確保できたからよかったけど……」と言って渋面を作った。

ジャネットは笑顔で立ち上がりワイングラスを西田に差し出した。

「ケン、遅かったのね。食べ物はルームサービスを注文しておいたから大丈夫よ。まずはワインで喉《のど》を潤しましょう。朝から何も食べてないから、お腹もぺこぺこ」

すでに開栓された白ワインのボトルを差し出すジャネットの姿越しに、ワールドトレードセンターから逃げ惑う人々の映像が見えた。

「ジャネット、悪いけど今ワインを飲む気分にはなれない。すぐそこに命からがらに逃げてきた大勢の人がいる。大学の同級生の山本は、ワールドトレードセンターで働いていた。無事でいてくれればいいが、あの映像を見ると生きている可能性は低いと思う。確かに朝から何も食べてなかったが、食欲はないよ」

「そう。分かったわ。でも私はお腹がすいているの。悪いけど先にブランチをいただくわ」

ジャネットは自分のグラスにワインを注ぐと、喉を鳴らした。スモークサーモンのマリネやミニッツステーキを平らげていくジャネットの横で、西田はテレビにくぎ付けになっていた。

時間の経過とともに情報が増えていた。テロリストによって、ほぼ同時に四機の航空機がハイジャックされ、ワールドトレードセンターに二機が激突、一機はバージニア州のペンタゴン（国防総省本庁舎）に突入、もう一機はペンシルベニア州に墜落したらしい。

ワールドトレードセンターの北棟に突入したのはボストン発ロスアンゼルス行のアメリカン航空一一便、南棟を破壊したのはボストン発ロスアンゼルス行のユナイテッド航空一七五便で、どちらもボーイング七六七型だ。

世界中を震撼《しんかん》させる同時多発テロの舞台となったニューヨークのマンハッタンは、ホテルの部屋の内と外とでは全くの別世界だ。すぐ目と鼻の先で大惨事が起こっていることを知り、恐怖におののきながらも、ホテルの部屋の中にいる限り、結局のところ他人事でしかない。同じくワールドトレードセンターで働いていても、テロの犠牲になった無数の人間がいる一方で、ほんの数分の差で避難できた人もいる。運命といえばそれまでだが、西田は大学の同級生の身を案じながら、命の儚《はかな》さを感じずにはいられなかった。

「ケン、何も食べないで大丈夫なの。体に悪いから少し食べたら」

ジャネットはフルボトルの白ワインを、一人で三分の二ほど空けていた。

「そうだな。長丁場も覚悟しないとなぁ」

西田は立ったまま、ジャネットの食べ散らかしたオードブルの皿に残っているテリーヌを手でつまんで口に放り込んだ。サラダのトマトを口の中でくちゃくちゃしていると、ジャネットが後ろからしなだれかかってきた。

「早く食べて。私、昨晩のことを思い出したら、また欲しくなってきたわ」

西田は渋面のまま身を捩《よじ》ってジャネットを押しのけ、不満気な顔に右手の人差し指を向けた。

「こんな非常事態に。しかも真昼間《まっぴるま》だぞ」

「非常事態は分かるけど、私たちに何ができるというの。不謹慎だけど、ケンと長い時間一緒にいられるチャンスは滅多にないから……」

ジャネットは艶っぽい目をして目の前にある西田の人差し指を口に含んだ。部屋の電話が鳴った。「はっ」とした西田はジャネットの口から人差し指を引き抜くと、慌てて電話機のほうに向かった。

「あなた。何度携帯にかけても繋がらないから、ホテルにかけたら繋がったわ。今さっき、由佳ちゃんと連絡がとれて、オヘア空港で足止めされていることが分かったの。これから空港まで迎えに行くので心配しないで大丈夫よ」

午後一時五分前だ。

「こっちも何度か携帯から連絡を試みたのだが、全く繋がらなかった。いずれにしろ、由佳の無事が確認できてほっとしたよ。こちらは取り敢えずホテルに待機するより他、仕様のない状況だ。テロでハイジャックということだと、当面空港は閉鎖されるだろうから、今日はニューヨークを出られないかもしれないなぁ」

由佳の無事が確認できた安堵感《あんどかん》と、綾子の突然の電話に慌てているのとで、自分でも相当テンションが上がっているのを意識した。

「まだ、何があるか分からないから、気を付けてね。何かあったらまた連絡します」

ホテルの電話からウェストン社のシカゴ本社に繋がり、ＣＥＯのチャーリー・ドナーとも連絡がとれた。

「今回のテロは前代未聞の出来事で、このあと何が起こるのかも全く想像すらできない。更に今後の我が国の経済にも多大な影響がでると思って間違いないだろう。一時《いっとき》でも早く、ケンとは今後の対応策を議論したいところだが、恐らく、主要な空港は当分のあいだ閉鎖されるに相違ない。無理して動いてテロに巻き込まれては元も子もないから、当分はケンがシカゴに戻れない前提で考えるしかないな。このような惨《むご》たらしいテロを目の当《ま》たりにして心落《あ》ち着かないだろうが、あきらめて羽を伸ばすのもいいんじゃあないか。ケンにとって、ニューヨークは庭みたいなものだろうから、ガールフレンドも何人かいるんだろう」

ドナーは西田の心労を察して、最後はジョークで締めた。西田の心臓がドキンと音をたてた。ジャネットのほうへちらっと視線を送りながら、「何とか一日でも早くシカゴに戻ります」と応じるしかなかった。

綾子と連絡がとれ、由佳の無事も確認でき、そしてCEOのドナーに現況を報告したことで、西田は張りつめた気持ちが一気に弛緩《しかん》していくのを感じていた。そんな気持ちの変化を察したわけでもないのだろうが、受話器を置くと同時にジャネットが後ろから抱き着いてきた。

「ケン、もういいでしょう」

つい先ほどまでの不謹慎を戒《いまし》める心は、すっかり消えていた。テレビ画面には繰り返しワールドトレードセンターが崩壊する映像が流されていたが、いつしか映画のワンシーンのように現実から切り離されていく。気が付くと、西田の右手はジャネットの豊満な胸を激しく揉《も》みしだいていた。

6

未曾有《みぞう》の同時多発テロにより、翌十二日になってもアメリカ経済は完全に麻痺《まひ》したままだった。ニューヨーク証券取引所は、翌週月曜日の十七日に再開されるまで、丸四日間閉鎖された。ニューヨーク・ダウは、テロ前日の十日終値が九千六百ドル余り、対して市場が再開された十七日には、一時八千九百ドルを下回るまで急落した。

アメリカ国内の空港は全て閉鎖され、国外からアメリカに入る航空機も全てシャットアウト、アメリカ領空を飛ぶ民間航空機は皆無である。マンハッタンへの自動車での乗り入れも禁止となった。結果的に、マンハッタンを走る車がほとんど見られなくなるという、珍しい光景が出来《しゅったい》した。

西田は、シカゴへ戻る手段をあれこれ模索、列車で丸一日以上かけての移動も検討したが、ドナーとの会話を言い訳に、ジャネットと丸二日間キタノホテルで退廃した時間を過ごした。

ようやく入手した航空チケットでシカゴに戻れたのは、十四日の夕方だ。ジャネットは更に逢瀬を延ばすことを望んだものの、最後には西田の説得に応じて、両親のいるニュージャージーに行くことを了承した。

西田の自宅はシカゴ市の北西部に位置するアーリントンハイツにある。ダウンタウンからは車で一時間の距離だ。治安が良く、日系スーパーマーケットや日本人学校もあることから、日本人の居住者も多い。家賃水準がミシガン湖沿いにある北部に比べてリーズナブルなのも魅力だ。庭に接した数メートルのアプローチを通り玄関を開けると、生後八ヵ月の長男、雄介を抱いた綾子と由佳が駆け寄ってきた。

「あなた。無事で良かった」

「パパ、ワールドトレードセンターのすぐ近くにいたのでしょう。私は結局シカゴの空港で足止めされて。何が何だか分からないまま何時間も待たされたの。ロビーのテレビを見て、ようやくテロだと知ったのよ」

西田は右手を綾子の肩、左手を由佳の肩にかけて優しく引き寄せた。

綾子も由佳も目が潤んでいた。二人につられたのと、安堵感が重なって西田も胸がジーンとした。

「すぐ近くにいたのだが、結局のところ事故現場はテレビの映像でしか見ていないんだ。だからさほど臨場感はないよ。むしろ、今日シカゴに帰ってくるのが大変だった。朝六時前にラガーディア空港に行ったが、チケットを入手するのに五時間半、更にセキュリティーチェックの長蛇《ちょうだ》の列に三時間だから」

シャワーを浴びてポロシャツとチノパンに着替えた西田に、綾子が缶ビールを差し出した。

西田は左手で受け取り、右手の親指でプルタブを引き上げ、プシュッという音とともに口に運んだ。喉を二回、三回と鳴らしてから、「フーッ」と息を吐き、リビングルームのソファーに腰を下ろした。白い革張りのソファーに深々と体を沈めて目を閉じると、命からがら避難してきた、悲愴感に満ちた表情の群集が目に浮かんだ。由佳が西田の左横に腰を下ろした。左手にはアイスティーの入ったグラスを持っている。

「それにしても、人の運命って不思議ね。あの日、パパと十二時にワールドトレードセンターの最上階のレストランで待ち合わせしていたじゃない。飛行機が衝突する時間が数時間ずれていたら、パパも私もあの世に逝《い》ってたかもしれないね」

西田は目を開けて由佳のほうに顔を向けた。

「本当だな。ちょっとしたことで人間の運命なんて大きく変わるということだ。それも自分の意思とは全く関係ないところで。パパはワールドトレードセンターから歩いて一時間くらいのところにあるホテルにいたけど、現場には近づくことができなくて、正直言ってテロの実感はあまりない。ただ、避難してきた人の表情や現場の重苦しい空気は、はっきりと頭に焼き付いている。パパの大学時代の同級生があそこで働いているのだが、うまく避難できていることを祈るしかないんだ」

ブッシュ大統領は十二日、当該テロを『戦争行為』と断言、その後イスラム過激派のアルカイダ指導者ウサマ・ビンラディンをテロの首謀者と名指し、十月七日には潜伏先のアフガニスタンへの侵攻が開始された。

7

歴史に刻まれた二〇〇一年九月十一日から一ヵ月が過ぎた。シカゴは銀杏《いちょう》のきれいな黄葉の季節で、日中は二十度を下回ることが多く心地いいが、朝晩は冷え込む。ほとんどの白人は半袖《はんそで》で平気な顔をしているが、西田は上着を着ても寒さを感じていた。

十月十五日の月曜日はインディアンサマーと呼ばれる、季節外れの暑い日だった。昼前に西田のデスクの電話が鳴った。受話器を取ると、いつものように秘書のデービスの声がした。四十代後半で太《ふと》り肉《じし》の体形だが、よく気が利き、愛想もよいので、秘書として重宝している。

「ミスター・ニシダ。シチズン・バンクのジョンソン部長から、お電話です」

西田は「繋いで」と応じると、数秒間《ま》を置いてから「ハロー、西田です」と続けた。

「ハロー、ミスター・ニシダ。先日は折角《せっかく》マンハッタンまでご足労いただきながら、お会いできず申し訳ありませんでした」

ジョンソンの野太い声に、西田は無意識に受話器を耳から数ミリ離した。

「ミスター・ジョンソン。そちらこそ、九・一一は大惨事でしたねぇ。私のほうは、結局のところキタノホテル周辺をうろうろしただけで、無事でしたから、本当に心苦しいばかりで。少しは落ち着かれましたか」

『キタノホテル』と口にしながら、西田の脳裏にはジャネットの艶《あで》やかな姿態が浮かんでいた。

「マンハッタンは相変わらずの厳戒態勢ですし、ワールドトレードセンターの跡地は今でも残骸がくすぶっていますよ。オフィスも漸《ようや》く日常を取り戻しつつあります。ご心配をおかけいたしました。ところで、先月ご提案を予定していました〝グローバルCMS〟について、気合いを入れなおしてミスター・ニシダにご説明いたしたいと思います。私のほうからシカゴに出向いてもよろしいですし、再度弊社に来ていただいても構いません」

〝CMS〟とは、CASH MANAGEMENT SYSTEMの頭文字で、世界中に展開するグループ会社の資金の出入りを一元管理する社内システムである。

「是非《ぜひ》ともマンハッタンに伺わせて下さい。やはりテロの現場が今どのようになっているかを、一度は見ておきたいですから」

「それは申し訳ない。一度ならず二度までもご足労いただくのは心苦しいのですが、ミスター・ニシダのニーズということで、お言葉に甘えさせていただきます」

西田はジョンソンがまだ完全に落ち着いていないだろうと気を遣ったのだが、案の定図星《ずぼし》だった。

「来週の月曜日、二十二日であればお伺いできますが、ご都合はいかがですか」

西田はパソコンでスケジューラーを操りながら質問した。

「少し待ってください。午前中なら都合がいいのですが、よろしいでしょうか」

ジョンソンもスケジューラーを確認しながら応じた。

「九・一一のリベンジということで、十時半に伺いましょうか」

西田は受話器を遠ざけて『また前日からキタノホテルに宿泊だな』、と呟いた。なんとなく、下半身がもぞもぞした。もちろん、ジャネットを思い浮かべたからだ。

「来週の月曜日、二十二日の十時三十分にお待ちしております。よろしければ、ランチをご一緒にいかがですか。分厚《ぶあつ》くてジューシーなステーキのお店をご紹介します」

ジョンソンは野太い声ながら、口調は極めて柔らかい。

「それは、マンハッタンに行く楽しみが、もう一つ増えますね。ありがとうございます。楽しみにしています」

西田は右手の中指で電話を切ると、そのまま秘書のデービスを呼び出し、航空機とホテルの手配を依頼した。

受話器を置いて椅子の背もたれに体重をかけて伸びをしていると、胸ポケットの携帯電話が振動した。

「ハイ、ケン。どうしてた。今度はいつニューヨークに来るの。当分予定がないなら、私のほうからシカゴに行ってもいいけど」

西田の心臓が音をたてた。ジャネットだ。

「やあ、久しぶり。マンハッタンも少しは落ち着きましたか」

西田は動揺を悟られまいと、努めてゆっくりと話す。

「何をつまらない話をしているの。ケンに会いたくて会いたくて、いてもたってもいられないのよ」

ジャネットの口調がきつくなる。

「なかなか、仕事が上手くいってなくて。連絡できず申し訳ありません。ただ、来週の月曜日にマンハッタンに行く予定がたった今決まったところです」

相変らず、西田は感情を抑えている。

「本当なの。一週間後には逢えるのね。何ていいタイミングで電話をしたのかしら。虫の知らせっていうのね」

「いや、月曜日の午後にはこちらに戻る必要があるので、会えるとすれば日曜日の夜ですね」

西田はそう言いながら、すでに逢瀬を期待している自分を意識していた。

「ワンダフル。いつものホテルでいいの。待ち合わせは七時くらいかしら」

ジャネットの声は弾んでいる。

「私は日曜日の七時ごろにチェックインを予定していますが、ご主人は大丈夫なのですか」

「主人は私のすることに何も文句は言わないから心配ご無用よ。待ち切れないわ。今すぐケンに抱きつきたい」

携帯電話を切ると、西田は気分の高揚を抑え切れず、意味もなく席を立ち、窓からシカゴの街並みを見下ろした。抜けるような青空だ。『それにしても、ニューヨーク出張が決まった後、間髪いれずにジャネットから電話があるとは、まるで電話を盗聴されているみたいだ』

西田は呟くと同時に、背筋をぞくっとさせていた。

8

ザ・キタノホテルニューヨークのエントランスを入ると、西田はドアマンに軽く会《え》釈《しゃく》した。黒い革製のバッグを右肩に掛け、左手にはカシミヤのロングコートを抱えていた。ブルックスブラザーズのネイビーはお気に入りの一着だ。ロビーに入ると、ソファーに座って雑誌を読んでいるジャネットの姿を確認した。チラッとジャネットを見ると、そのまま無言でその前を通過してフロントに進んだ。

チェックインの手続きを終えて後ろを振り返ると、ジャネットは西田に気づいて立ち上がった。お互いに視線を合わせると、あうんの呼吸で同時にエレベーターホールに向かう。肩を並べてエレベーターの到着を待っていると、西田は突然肩を叩かれた。ドキッとして振り向くと、意味ありげな微笑を湛《たた》えたスーツ姿の男がいた。西田は男の顔を見ると当惑した表情になった。

「おっ！　山本じゃないか」

西田の大学時代の同級生、今は芙蓉銀行ニューヨーク支店に勤めている山本大輔だ。

「おう、ニシケン。久しぶりだな。元気か」

山本は破顔した。

「や、山本、おまえ生きていたのか。良かったなぁ、無事で。本当に良かった」

西田はすぐ横にジャネットがいることを忘れて、山本の両肩を力任せに前後に数回振った。

「悪い、悪い、すっかりニシケンに連絡するのを忘れていたよ。心配かけてすまなかった」

西田に体を揺らされながら、山本は拝むポーズを作り、頭を下げた。

「ケン、そちらの方はどなた？」

ジャネットが訝《いぶか》しげな顔をしている。西田は、「はっ」とすると、慌てて山本をエレベーターホールの端まで引っ張って行った。

「山本、おまえこんなところで何してるんだ」

「何って、俺は七時半から取引先とこのホテルの地下にある和食レストランで会食をするところだけど。ニシケンこそ、あんな美人のブロンドを連れてどういうことだ。どう見ても意味ありげな組み合わせに見えるけど」

西田は山本の質問に渋面を作った。至って生真面目な山本らしいと言うか。

「ちょっと、訳ありで……。いずれ詳しく説明するから、今日のところは何も見なかったことにしてくれないか」

今度は西田が拝むポーズを作る番だった。

「いずれでは、いつになるか分からないなぁ。ニシケン、マンハッタンにはいつまでいるんだ？」

「明日、シチズン・バンクの部長とランチを約束しているので、午後の便でシカゴに戻るつもりだけど。そうだ、ランチの後、一時半ごろ、お茶でも飲みながら、少し話せないか」

山本は几帳面《きちょうめん》な字がびっしり書き込まれたポケット手帳を取り出してページを何枚か捲《めく》った。

「明日の一時半だと、会議中だな。統合銀行は会議ばかりで少しもトレーディングができない……。そうだな、二時でどうだ。二時にここ、キタノホテルのロビーで落ち合うか」

「わかった。了解だ。明日の二時にここのロビーだな。オーケイ。くれぐれも今日のことはご内密にお願いします」

西田は半身になって、片手で拝むポーズを作りながら、エレベーターの前で眉《まゆ》をひそめた、不機嫌そのものといった表情のジャネットのほうに小走りで向かった。

「ケン、あの男は誰なの」

ジャネットの口調はとげとげしい。

「大学時代の同級生で、今、芙蓉銀行のニューヨーク支店に在籍している山本だよ。九・一一の時にワールドトレードセンターの高層階にいたはずだから、ダメかと思っていたのだけど」

ジャネットの表情が和らいだ。

「あの時、ワールドトレードセンターにいて無事だったなんて、本当にラッキーな人ね。芙蓉銀行のニューヨーク支店ということは、また会う可能性もあるかもしれないわね」

偶然は重なるもので、今回も九・一一の時と同じく七〇五号室だ。部屋のドアが閉まると、いきなりジャネットが後ろから抱きついてきた。

「ケン、会いたかった。もう一秒だって我慢できないわ」

西田は体を捻《ね》じってジャネットと向かい合う形になると、空いている右手でジャネットの肩を持ち、力を入れて体を引き離した。山本にジャネットと一緒にいるところを目撃されたことが気になっていた。

「気持ちは僕も同じだけど、まずはシャワーを浴びないか。時間はたっぷりあるのだから、お楽しみは少し後にとっておこうか」

西田は無理に笑顔を作った。ジャネットは不満気な表情を浮かべながらも、西田に従った。

西田は澱《よど》んだ気分を引《ひ》き摺《ず》りながら、シャワーを浴びていた。体を洗い終え、シャンプーで頭髪をごしごし洗っていると、突然ビニール製のカーテンが開いて全裸のジャネットが闖入《ちんにゅう》してきた。豊満な胸を西田の背中に押し付けるように抱きつき、後ろから抱きかかえる格好で西田の股間を弄《もてあそ》ぶ。

「ケン、やっぱり、もう一秒も我慢できないわ。ここでして」

西田は慌てて栓を捻《ひね》り、シャワーでシャンプーの泡を流そうとするが、ジャネットに股間を掴《つか》まれているので、なかなか上手く頭部に湯がかからない。むしろ西田の後方にいるジャネットの顔をシャワーが直撃する形となった。

顔をびしょ濡れにし、嬌声《きょうせい》をあげながらも、ジャネットの両手は西田の股間から離れなかった。西田はそれでも、全くその気にはならなかった。

「ストップ、ジャネット、ストップ。悪いけどシャンプーを流させてくれないか。泡が入って目を開けられない。いくらなんでも目が見えない状態では無理だよ」

ようやく、ジャネットの手が西田の股間から離れた。しかし体は密着したままだ。ジャネットはシャワーの向きを西田の頭の方向に調節すると、西田の頭髪の泡を両手でごしごしと流し始めた。

西田は両手で顔の水滴を二、三度拭《ぬぐ》うと、前髪を後ろに払い、「よしっ」と呟いてからジャネットのほうに体の向きを変えた。眼前には艶めかしい唇が見える。勢いよく唇を重ねると、ジャネットの両手は再び西田の股間に戻ってきた。西田の両手は背中、腰、臀部《でんぶ》そしてバストとジャネットの濡れた肢体を愛撫する。ジャネットは吐息を漏らすが、肝心の西田は一向《いっこう》に元気にならなかった。

ジャネットは痺《しび》れを切らして、跪《ひざまず》くと萎《な》えたままのものを口に含んだ。西田は精神を集中して動きを止めた。それでも下半身はうんともすんとも言わない。

「ジャネット、ごめん。一旦休憩しよう」

西田はジャネットの肩に手を添えた。上目使いに西田を見ると、ジャネットはひと頷《うなず》きして立ち上がった。

「ワインを飲んで、精のつくものを食べれば元気になるわよ」

ジャネットはウインクをすると、バスタオルを体に巻きつけてバスルームから先に出た。

一人残された西田は、自分の下半身を見つめると、大きなため息を漏らした。気分は鉛《なまり》のように重く沈んだ。『あの魅惑的な肢体を前にして反応しないなんて……』

結局、翌日まで、西田の下半身が反応することは、一度もなかった。唯一の救いは、ジャネットが別れ際に「今回は体調が悪かったのね。次は満足させてね」と明るく言ってくれたことだ。

9

十月二十二日午後二時五分過ぎ、西田と山本はキタノホテル地下一階のカフェで向い合っていた。西田はミルクティー、山本はコーヒーをオーダーした。

「三行統合は上手くいっているの」

西田の何気ない言葉に山本は暗い表情を作る。

「それがさっぱりさ。ニシケンだから本当のことを言うけど、縄張り争いに明け暮れているのが実態だ。海外拠点は日本よりも一足先に統合プロセスに入っているのだが、本土決戦の前哨戦よろしく、融和する気配は見えてこないよ」

「そんなに酷い状態なのか」

「ああ、酷いね。いや、酷いなんてものじゃあない。九・一一の後、一瞬だけ一体感が生まれたけど、一週間ともたずに戦闘再開さ。それこそ、ニューヨーク支店は三行統合のディーリングルームをワールドトレードセンターに設置した直後の惨事だからたまらないよ。これほどの暗雲はないかもな」

山本は自嘲気味に言った。

「それにしても、山本は悪運が強いよなぁ。九・一一にワールドトレードセンターの高層フロアで仕事をしていて、命が助かったのだから」

西田はしみじみとした口調だ。山本は、「悪運はないだろう」と真顔で返した。

「悪い悪い。それにしても、九・一一は大変だっただろう。ずっと心配していたのだが、こちらから連絡し難い感じがしてねぇ。芙蓉銀行の幹部が、一度避難しながらオフィスに戻って被災したっていう話を聞いていたものだから」

山本は苦笑しいしい、頭を下げた。

「心配かけて申し訳ない。九死に一生を得たと言えればかっこいいのだが、実はあの日、前の晩飲み過ぎたこともあって、寝坊したんだよ。カミさんは子供を連れて帰国していて一人だったから、誰も起こしてくれる人がいなくて。日本でニュースを見たカミさんが電話をしてきて、それで起こされたというわけだ」

山本は俯《うつむ》き加減に小声で返した。

「え、本当か。山本、おまえ、奇跡的に運がいいな。正直言って、律儀な山本はオフィスに戻ったうちの一人だと覚悟していたよ」

西田は上半身を大仰《おおぎょう》にのけ反《ぞ》らせた。自然と声量も大きくなる。

「確かに、その場にいたらデスクに引き返していたと自分でも思うよ」

山本の声は更に小さくなった。

「そうだろう。まさに九死に一生を得たクチだな。今日はシカゴに戻らなければならないが、今度盛大にお祝いをしよう。〝三途《さんず》の川で引き返してきたお祝い〟というところかな」

西田は満面の笑みを浮かべた。

「ニシケン、そんなに明るい話ではないんだ。芙蓉銀行で十人以上の犠牲者が出ている。俺が今所属しているチームでも三人が亡くなった。遺族の方々は皆、精神的に参ってしまっている。ほとんど半狂乱になったように、今でも毎日ワールドトレードセンターの前に一日中立ち尽くしている遺族もいるのだよ。そんな中で、『二日酔いで遅刻して現場にいませんでした』とは言えないだろう。支店長には本当のことを話したが、『病気で通せ。俺もこのことは墓場まで持っていくから』と指示されたよ」

西田は山本の意外な言葉に虚《きょ》を突かれ、自然にしんみりとした口調になった。

「そうか。そうだな。山本のつらい立場は分かるよ。実は昨日、マンハッタンに午後五時くらいに着いたので、ツインタワーのあった場所を見てきた。テロの悲惨さを心底思い知らされたよ。山本の言うとおり、結構な数の人が瓦礫《がれき》の山を前に佇《たたず》んでいた」

西田は視線を落とすと、ミルクティーを口に運んだ。しばしの沈黙の後、西田が切り出した。

「ただ、やっぱりおまえが生きていてくれたことが嬉しい、というのが俺の正直な気持ちだ。落ち着いたら、一杯やろうよ」

　山本はコーヒーカップを左手に持ったまま、「ああ、そうだな」と頷いた。コーヒーカップをソーサーに戻すと、思い出したように「そう言えば、昨日のブロンド美人との関係をまだ聞いてなかったな」と言って笑顔を作った。

　西田は胸をどきっとさせ、俯きながら視線を彷徨《さまよ》わせた。決心したように顔を上げると、山本の笑顔が目に入ってきた。

「山本だから本当のことを言うけど、再婚した綾子と出会う前、ダイヤモンド・ブラザーズのヴァイス・プレジデントだった時に、ニューヨークで出会ったんだ。四年前だな。それからの腐れ縁で関係が続いているっていうわけさ」

　山本は真顔になった。

「へー、ニシケンが不倫ねぇ。予想外の展開だな。確か、ダイヤモンド・ブラザーズの後、ウェストン社の日本法人に入社したんだよなぁ。あんな美人を遠距離でキープし続けたということか。ちょっと信じられないけど、事実なんだろうなぁ」

　山本は感じ入ったように何度も頷いている。

「もう一つ信じられないだろうけど、僕から誘ったことは一度もない。最初のアプローチから積極的だったのは向こうなんだ」

　少し自慢げな西田の言いぶりが癇《かん》に障ったのか、山本はきっとした表情になった。

「おまえ、そのような嘘を信じるわけがないだろう。ニシケンが有能なビジネスマンであることは認めるけど、ブロンド美人がぞっこんになるほどセクシーな男だとはとても思えない。大方《おおかた》、インベストメントバンカーなのをひけらかして、金で釣ったのだろう」

西田は身を乗り出して、口の前に人差し指を立てた。

「山本、声がでかい。信じられないのも分かるが、事実なんだから仕方がない。まあ、好き者のブロンド美人にたまたま運よく巡り合ったということに過ぎないけど」

「それで、その好き者のブロンド美人には、どこで巡り合ったんだ」

山本は西田に合わせるように、ひそひそ声になった。

「それが、これまた偶然の二乗なんだけど、グレース証券という新興証券会社覚えているか。日本でも一時期マスコミで持《も》て囃《はや》されたのだけど」

山本が小首を傾げながら返答した。

「何となく聞いた覚えがあるなぁ。詐欺事件だかに関係してなかったか」

「そう、その詐欺事件を起こした証券会社のオーナーがパターソンという人だけど、その奥さんが昨日のブロンド美人だったというわけ。僕は偶然パターソンとセントラルパークでジョギング中に衝突して、怪我《けが》の手当ということでパターソンの家に行き、ジャネット、ああ、あのブロンド美人の名前だけど、彼女に出会ったんだ」

「それで、そのジャネットさんに一目惚れされたというのか。どこまでが本当で、どこからが作り話かよく分からないなぁ。全部本当のことだと言われても、とても信じられないよ」

そう言いながらも、山本は興味津々《しんしん》という表情だ。

「それはそうだろうな。今から考えても、偶然が重なり過ぎているからね。ただ、全ては実話だ。〝事実は小説よりも奇なり〟ということだ。それに、あのブロンドは結構したたかで、パターソンが詐欺で捕まると、さっさと離婚して、今では大学教授の後妻に納まっている」

西田はティーカップを手にしたが、紅茶は一滴も残っていなかった。山本は腕組みをして西田の顔を見つめた。話の真贋《しんがん》を見極めようとしている様相だ。数秒間の沈黙の後、山本は西田のほうに上半身を近づけ、真顔のまま小声で言った。

「話は分かった。それでニシケンはいつまでそのダブル不倫の関係を続ける気なんだ。スタート時点ではまだ綾子さんと出会う前ということだけど、今では子供もいる身だぞ。またしても家庭を壊す気ではないだろうな」

西田は苦笑いを浮かべた。言われるまでもなく、昨日ホテルのロビーで山本に目撃されて以来、そのことが何度も頭に浮かんでは消えた。ジャネットに一晩中誘われ続けても、結局その気になれなかったのがその証左《しょうさ》だ。

「そんなことは充分に分かっているさ。もう止《や》めようと何度も思うのだけどなぁ」

「いい大人が子供みたいなことを言うな。あんな美人に誘惑されたら、欲望を抑えることが敵《かな》わないのも分かるが、一度や二度ならまだしも腐れ縁になると、どこかで破綻するに決まっている。昨日は目撃者が僕だから良かったけど、どこで誰が見ているか分からないからな」

西田は母親か小学校の先生に叱られている気分だった。ただし、自分が悪いのだからグウの音もでない。

「さっきも言ったけど、僕のほうから誘ったことは一度もない。割り切った大人の関係だから、いつでも止められると甘く考えていたことも確かだ。昨日山本に目撃されたことを、勿怪《もっけ》の幸いと思うべきなんだろうな」

「なんだ、もう少し抵抗するかと思ったら随分《ずいぶん》と物分りがいいんだな。あんなブロンド美人を簡単に手放していいのか」

山本が悪戯《いたずら》っぽい笑顔を作った。

「それはないだろう。子供を叱るみたいに言っておいて」

「冗談、冗談。ただ、ニシケンが僕の言うことをすんなり聞くことが珍しいので、ついついからかいたくなっただけだよ」

おどける山本に対し、西田は神妙な表情のままだ。

「本当のところ、次に誘われた時、きっぱりと断る自信は全くない。その時は山本先生の顔を思い出すことにするよ」

「なんだ、少しも反省していないのか。しっかりしろよ、全く。そう言えば、午前中にシチズン・バンクと面談したんだろう。面白い話があったら教えてくれよ」

山本は笑顔のままだ。

「日本のトップバンクが三行統合に現《うつつ》を抜かしている間に、グローバルバンクはどんどん先を走っているぞ。山本先生には大恩《だいおん》があるから特別にヒントを与えるけど、シチズン・バンクはウェストン社の世界中のキャッシュフローをシステムで一元管理することを提案してきた。僕の知る限り、日本の銀行からそうした提案を受けた記憶はない」

話題が変わった瞬間に攻守が逆転した。したり顔の西田を前に、山本の表情が渋くなる。

「キャッシュフローの一元管理ということは、グローバルCMSか。理屈は分かるが、日本の銀行で提案できるところはどこもないだろうなぁ。ウチも三行統合で図体はデカくなるけど、世界で戦うには、中身が全然伴っていないからな」

CMSとは、子会社や関係会社の資金を親会社が一括して管理するシステムのことだ。子会社の余剰資金を自動的に親会社に吸い上げる〝プーリング〟や親子会社間の債権債務を相殺《そうさい》して差額決済する〝ネッティング〟、子会社の支払い事務を親会社が一括して行う〝支払い集中管理〟などがある。このCMSを、国境を越えた拠点に広げたものがグローバルCMSだが、国ごとに異なる税制や外為規制にシステム対応する必要があり、銀行がグローバルCMSを提供するには、多額のシステム投資とノウハウが必要となる。

「ああ、僕も日本の銀行出身者として寂しい限りだが、彼我《ひが》の差は大きいな。日本がバブルの処理でのた打ち回っているさなかに、アメリカでは〝グラス＝スティーガル法〟が撤廃されて、商業銀行と投資銀行の垣根が取り払われた。いわば国家の戦略、後押しで強力な金融機関を作り上げたと言える。アメリカのハゲタカに東長銀を差し出した日本の政府とは、これまた雲泥の差だよな。ようやく、三行統合で日本の銀行にも光明がさしたとは思うけど……」

一九二九年の世界恐慌を契機に一九三三年に制定された、銀行と証券会社の兼営を禁じる〝グラス＝スティーガル法〟は、一九九九年十一月に、クリントン大統領の署名により廃止された。シチズン・バンクは傘下に投資銀行を持つ保険会社ツアーグループと一九九八年に合併し、〝グラス＝スティーガル法〟の撤廃を一年先取りしていた。違法状態を承知で法の撤廃を催促したとも言われている。

「ただ、商業銀行と投資銀行が統合してできる巨大銀行には、本当のところ危うさを覚えなくもない。商業銀行に集まる大量の預金を、投資銀行が無尽蔵に使えるようになることは、いずれ暴走を招くのではないか」

西田は呟くように言って、厳しい視線で山本を見つめた。

「それを言うなら、二〇〇〇年の法改正で、クレジット・デフォルト・スワップ（ＣＤＳ）の実需原則が撤廃されたことも将来大きな禍根《かこん》を残すような気がするよ。従来は債権者しかＣＤＳの購入ができなかったものが、誰でも購入できるようになった。これは、企業が倒産するかどうかを、賭け事の対象にするようなものだからな。デリバティブは想定元本の世界だから、金融取引が実体経済を無視して膨張してしまうリスクを内包することになる。もちろん、デリバティブにはリスクヘッジという本来の目的があるわけだが、デリバティブのみの取引も認めた以上は、それ自体が暴走するリスクと表裏一体と思わなければいけないのだろう」

ＣＤＳはデリバティブの一種で、対象とする国や企業がデフォルト（破綻）すると、デリバティブの購入者が売却者からお金を受け取ることができる金融取引だ。例えばＡ社の社債を保有している者が、Ａ社を対象としたＣＤＳを購入すると、たとえＡ社が倒産しても社債の元本をＣＤＳの売却者から補塡してもらうことができる。

山本も厳しい目を西田に向けた。

「日本の金融機関にとってはバブル崩壊から金融危機、グローバルに活動するアメリカの金融機関にとってはアジア危機、ロシア危機からITバブルの崩壊に九・一一の同時多発テロと、取り巻く環境は極めて厳しい。そんな中での、何かしらの光明が必要なんだろう。それが三行統合であり、〝グラス＝スティーガル法〟の撤廃なのだと思うしかないな」

西田が悟ったように語ると、山本は二度、三度と頷いた。

西田は山本とキタノホテルのエントランスで別れると、イエローキャブに乗り込んでラガーディア空港に向かった。後部座席に納まると、なぜかテロの後、シカゴの自宅に戻った時に娘の由佳に言われた『人の運命って不思議ね』という言葉が、ふっと頭に浮かんだ。車窓から流れるマンハッタンの高層ビル群をぼんやりと見やりながら、『俺の人生は、この後どうなるのだろうなぁ。まあ、ろくなものではないだろうけど』と思わざるをえなかった。

第三章　ＣＦＯ解任

1

同時多発テロはアメリカ経済に深刻なダメージを与えた。テロの首謀者ウサマ・ビンラディンを標的に、聖戦を煽《あお》ることにより国威発揚はできても、ドットコム・バブル（ＩＴバブル）の崩壊でベースとなる景況感が冴えない中、人の移動、物流ともに滞るに至っては、景気が回復に向かうはずもなかった。特に航空業界やホテル業界は業績不振が不可避となっていた。

米国大手製薬企業ウェストン社ＣＥＯのチャーリー・ドナーとＣＦＯの西田健雄《にしだけんゆう》は、シカゴ本社のＣＥＯ執務室ソファーで対峙《たいじ》していた。二〇〇一年十月十五日の月曜日、午前九時を回ったところだ。西田はシカゴ本社勤務になって一年で、ＳＭＤ（シニア・マネージング・ディレクター）からＣＦＯにスピード昇格していた。いかにドナーＣＥＯの信任が厚いかを示して余りある。

シカゴ本社はディアボーン通りに面した高層ビルで、ＣＥＯ執務室は二十七階にある。四十坪を超える広々としたスペースに、執務机、楕円形の会議用大テーブル、そして黒い革張りで背もたれの高いソファーがローテーブルを挟《はさ》んで五脚ずつ並んでいた。窓からはシカゴ市中心部の高層ビル群が一望できる。

同時多発テロ以降、ドナーと西田は数えきれないほどのディスカッションを重ねているが、二人の意見は対立したままだった。

「ケン、いまだに考えは変わらないのか。もともと〝ウェストン社の更なるステップアップにはＭ＆Ａによる規模の拡大が不可欠〟と提言していたのは誰だ。ダイヤモンド・ブラザーズにいたころのケンだぞ。たしか、ライアン社との対等合併だったな、ケンの提案は？」

ドナーは厳しい口調とは不釣り合いの笑みを浮かべていた。

「ミスター・ドナー、それは四年前のことです。その後、アジア危機、ロシア危機、そしてドットコム・バブルの崩壊、先月の同時多発テロです。株式市場が低迷していますので、Ｍ＆Ａのチャンスと言えなくはないですが、それにしても先行きが不透明過ぎます」

西田はドナーの目を正面から見据えて応えた。ドナーの目が西田を鋭く捉えた。

「そう、そのとおり。ケンはきちんと理解しているじゃないか。まさにチャンスなんだよ、今この時が……」

西田は目を逸《そ》らさない。

「いいえ、私の理解はそういうことではありません。M&Aとなれば、多かれ少なかれ財務体質は悪化します。株式市場の地合いが悪くても先行きがある程度見通せるのであれば、決して反対はいたしません。やはり、今は健全な財務の維持が優先されるべきです。ただし、私はあくまでもCFOの立場で申し上げているのであって、CEOの最終判断は尊重いたします」

ドナーは西田の気迫に押されて、思わず腕組みをして天井を仰いだ。

「うーん……。今日もダメだったか。繰り返すが、ビジネスパートナーのケンを説得できないまま、強権発動するつもりは微塵《みじん》もない。ケンはCFOとしての自分の立場、自分の庭先のことだけを考える男ではないからな」

柔和な顔に戻ったドナーを見て、西田も表情を緩めた。

「方向性についての異論はございませんが、タイミングについては今ではないと……。勿論、どんなに財務が痛もうと、やるべき時にはミスター・ドナーの背中を押す気概は持ち合わせているつもりです」

「いずれケンを説得して見せるよ。ただ、ケンを説得できた日のことを想定して、ジョージにはスタディさせている。ケンの古巣のダイヤモンド・ブラザーズはドイツのバイリンが最有力候補と言っていたらしいぞ」

ジョージ・シュワルツは企画担当のディレクターに昇格していた。四年前はシニア・ヴァイス・プレジデントとして、ダイヤモンド・ブラザーズの西田と対峙していた。

「ダイヤモンド・ブラザーズがジョージのところに出入りしているのですか」

「ああ、私のところには、ＳＭＤのミスター・サイクスが一度挨拶にきたよ」

〝サイクス〟の名前を聞いて、西田は虫酸《むしず》が奔《はし》った。同時に、ワールドトレードセンターから避難してきた群集に紛れていた馬面《うまづら》が頭に浮かんだ。

「サイクス……ですか」

「ああ、そう言えばケンにも一度挨拶したいと言っていたぞ。たしか四年前にケンのトロフィ・ディールを横取りして、ライアン社側に付いた男の一人だったよなぁ。向こうは何もなかったかのように接してきたが……」

2

ダイヤモンド・ブラザーズのＳＭＤ、スティーブ・Ｃ・サイクスからの要請で、西田健雄が面談することになったのは十月十九日の午後三時だ。

西田はサイクスからの電話に何度か居留守を使ったが、一日に何度もコールされ根負けしたのだ。サイクスから『ドナーＣＥＯから許可をもらっている』と言われては、さすがに無視し続けるわけにもいかないと判断した。

　ウェストン社の二十二階にあるゲストルームのソファーで向かい合ったサイクスは、切れ長の目を気持ち悪いほど細めて、両手を差し出してきた。相変わらずの禿《は》げ上がった額《ひたい》、馬面に大きなメタルフレームの眼鏡《めがね》だ。不承不承右手を出すと、その大きな両の手で痛いほど握りしめられた。

「ケン、再会できて最高にハッピィだよ。ウェストン社でのケンの活躍ぶりについては、ダイヤモンド・ブラザーズで知らない者はいないだろう。もちろん、わが社のエースだったケンなら、どこに行っても活躍して当たり前とも言えるが……」

　西田は強い嫌悪感を喉《のど》の奥深くに呑み込んだ。笑顔のサイクスと、無表情を装った西田が握手する構図は、不調和が過ぎる。心象風景の落差といえばそれまでだが、ビジネスマンとしての強《したた》かさで軍配がどちらに上がるかは明瞭だった。

「ミスター・サイクス、益々《ますます》のご名声は聞き及んでいます。〝わが世の春〟という表現がぴったりですね。私のほうは、ダイヤモンド・ブラザーズに一年で見限られて以来、その日暮らしが精一杯の状況ですよ」

　西田はお愛想《あいそ》を言いながらも無表情を通した。サイクスが大袈裟《おおげさ》にのけ反《ぞ》る仕草をした。

「その言《い》い種《ぐさ》はないぞ。ケンはわれわれが執拗に引き留めるのを振り切って退社したんじゃないか。東長銀の再生にも力を貸してほしいと懇願したのに、固辞された。ダイヤモンド・ブラザーズはケンに振られっ放しだ」

西田はサイクスの軽い物言いに一瞬むっとしながらも、表情は崩さなかった。サイクスにソファーを勧めると、相手の動きを確認しながら自分も一拍遅れて腰を下ろした。木製のローテーブルを挟んで布張りのソファーが三脚ずつ並んでいるだけのこぢんまりしたゲストルームだ。サイクスは自分を通すにはあまりにも貧相な部屋だと、内心むかついていた。ソファーの座り心地も悪い。

ドアをノックする音が聞こえ、長身の白人女性がコーヒーを運んできた。白いポロシャツにデニムのパンツ姿というラフな服装だ。年頃は三十過ぎだろうか。金髪でスリムな体型は目を引くが、愛想が悪過ぎるにもほどがある。

「東長銀の再生に関しましては、もともと所属していた組織という難しさもありました。決して他意はございません。ところで、本日ご来社いただきました趣旨は、旧交を温めるということでしょうか」

西田は感情とは裏腹に事務的な口調で返しながら、コーヒーを勧めた。サイクスはひと頷《うなず》きすると、左手の人差し指と親指でコーヒーカップの取手を持ち、口に運んだ。

サイクスの口調が改まった。

「ウェストン社CFOのミスター・ニシダに手土産なしでお時間をいただくわけには参りません。本日は耳寄りなお話を是非差し上げたいと思い、貴重なお時間を頂戴した次第です」

コーヒー一口でサイクスはビジネスモードに切り替わった。サイクスの豹変《ひょうへん》ぶりに西田は一瞬面喰《めんくら》いながらも、なんとか平静を保ち「ほう、耳寄りな話ですか」と応じた。

「イエス。ドナーCEOからはM&Aのご相談を頂いておりますが、今は財務の安定性にプライオリティを置くべきというミスター・ニシダのお考え、慧眼《けいがん》に感服しております。一方で、貴社のバランスシートには充分なキャッシュがあります。本日は、運用の提案をお持ちした次第です」

西田は、サイクスの馬面をしげしげと見つめた。

『この男、ドナーにしっかりと入り込んでいる。俺がM&Aに反対していることも正確に把握しているとは……』

西田は気を取り直して、コーヒーカップに手を伸ばした。

「運用ですか。それは興味深い話ですが、ミスター・サイクスの専門外では？」

サイクスはインベストメント・バンキング部門のSMDで、M&Aのヘッドだったはずだ。

「じつは、ここだけの話だが、私は来年の一月からインベストメント・バンキング部門のパートナーに昇格することが内定している。より高いレベルからダイヤモンド・ブラザーズの経営に貢献することが求められるということで、すでにフィールドを拡げているというわけだ」

サイクスの口調が少し横柄《おうへい》になったのは、ダイヤモンド・ブラザーズでの上下関係に意識が一瞬戻ったからだろうか。西田の心はより陰鬱《いんうつ》さが増した。目の前の馬面は、相変わらず部下の手柄を横取りし、失敗の責任は部下に押し付けて伸《の》し上《あ》がっているのだろう。

「それはおめでとうございます。それで、運用というのは具体的にはどのような商品でしょうか」

西田は事務的な対応に徹する以外に感情を抑制する手段を思い付かなかった。

「ＣＢ、転換社債です。世界的なエネルギー企業のエリック社はご存じでしょう」

「〝エリック社〟といいますと、つい先日新聞で不正会計疑惑を報じられた、あのエリック社ですか。第３四半期の決算が大幅赤字に転落したとの記事も記憶していますす」

西田の表情が初めて動いた。四半期決算でＳＰＥ（スペシャル・パーパス・エンティティ＝特別目的事業体）取引で七億ドルの損失が発生し、大幅赤字転落を公表したのは十月十六日、ウォール・ストリート・ジャーナルがエリック社の不正会計疑惑を報じたのは十月十七日だ。

エリック社は複数のエネルギー関連企業が合従連衡《がっしょうれんこう》して生まれたインフラ関連会社だ。一九八五年に更なる企業合併に伴い現社名の〝エリック社〟に変更すると、ガス、電力、LPG、原油などのエネルギー関連商品から非鉄金属、パルプ、材木などの森林資源、さらには風力発電、天候デリバティブと事業を多角化するとともに、業容を急拡大させた。一九九九年には、世界初のエネルギー取引のインターネット・サイト〝エリック・オンライン〟を立ち上げて、ビジネスモデルの中核とするなど、先進的な企業として名を馳せた。二〇〇〇年には売上高一千億ドル超、全米七位の大企業となっていた。

しかし、好業績を継続する仕掛けとして、SPEを使った損失隠しを継続していたこと、さらにCEO、CFOがSPEによって私腹を肥やしていたことが相次いで発覚した。一年前の二〇〇〇年秋には八十五ドルだった株価は、三十ドルを下回るまでに下落していた。

サイクスは笑みを湛《たた》え、自信満々に応じた。

「ミスター・ニシダに申し上げるのも釈迦《しゃか》に説法ですが、エリック社は時代の最先端を行く会社です。最先端の財務戦略が世の中に理解されずに批判の矢面《やおもて》に立ってはいますが、全米で七位の事業規模を誇る巨大企業でもあります。一年前の株価は八十五ドルで、これがエリック社の適正な株価だとすれば、今回ご案内するＣＢ四十ドルがいかに割安か、ご理解いただけるものと思います。発行総額十億ドルを検討していますが、貴社には二億ドル程度まで廻せると思いますよ」

「私もエリック社が潰れるとは考えていません。ただ、エリック社の株価はこのところ急落していませんか。この状況でＣＢ発行を強行すれば、通常の資金調達が不可能、つまりこのままでは資金繰りが行き詰まると宣言するようなものではないでしょうか。これは、インベストメント・バンクとしての、矜持《きょうじ》の問題だと思います」

転換社債は社債に新株予約権を付与されたものでエクイティ・ファイナンスの一つとされている。新株予約権は一定の価格で株式を購入する権利だが、株価が上昇し投資家が新株予約権を行使すれば、発行会社は社債を償還する必要がなくなり、代わりに新株を投資家に供与することになる。転換社債を購入する投資家は、ヘッジファンドなどの投機筋が多い。新株予約権とは発行会社の株式を購入する権利（コールオプション）ともいえるが、転換社債は社債を売りやすくするために新株予約権を割安、つまり投資家有利の値段に設定されることが多い。そのため、目ざといヘッジファンドは、その有利な商品性を利用して投機に活用するのだ。結果的に発行会社の株価は大幅に下落することが少なくなかった。

財務内容が健全な会社が発行すれば何ら問題のない資金調達だが、問題含みの会社が発行すると、資金繰りに窮した会社がすがる藁《わら》のように見えてしまう危険な調達となる。

「釈迦に説法を繰り返しますが、こういう時だからこそ、投資家の皆様に有利な運用商品をご提供できるのです。それに困った取引先の資金調達を実現するのも、インベストメント・バンクの矜持ではないですか」

サイクスは内心『相変わらず青臭《あおくさ》いことばかり考えている男だ』と毒づきながら、笑顔を維持していた。

「有利な運用であることは理解しました。ドナーCEOとも相談させていただきます」

西田は感情を殺した表情に戻ると、事務的な口調で応じた。『サイクスの野郎、相変わらず誠実さの欠片《かけら》もない。少しも変わっていない』という思いを隠すのに必死だった。

ソファーから立ち上がると、右手を差し出してきたサイクスに応じながら、

「そうそう、九・一一にマンハッタンでミスター・サイクスをお見かけしましたよ。昼前だったと思いますが」と西田は思い出したように言った。

サイクスは大仰《おおぎょう》にのけ反りながら、

「ケンもあの時マンハッタンにいたのか。本当に酷《ひど》い目に遭《あ》ったよ。二時間以上歩き通しで……」

「私はミッドタウンのキタノホテルにいました。テロの現場からは離れていましたので、足止めされただけでしたが、ウォール街のほうは大変だったのでしょうね」

「あれは地獄以外の何物でもない光景だ。火災の熱さに耐えられずに高層ビルから飛び降りた人が、空から何人も降ってくるんだ。ビルが崩壊した後は、ものすごい爆風と煙と埃《ほこり》で一瞬何も見えなくなったよ」

3

十月二十四日朝九時前に、ダイヤモンド・ブラザーズＳＭＤのサイクスは、ウェストン社ＣＥＯのドナーに電話をかけた。エリック社の転換社債に対する西田の反応がいま一つだったことから、ドナーに直接売り込もうと思ったのだ。

「ミスター・ドナー、Ｍ＆Ａのスタディは順調に進んでいると聞いております。じつは本日早朝から貴重なお時間をいただいたのは、運用のご提案をニシダＣＦＯに差し上げているのですが、ミスター・ドナーにも直接お話しさせていただきたいと思ったものですから」

　ドナーは西田からエリック社の転換社債についてのあらましは聞いていた。西田曰《いわ》く『とんでもない提案です。その場で断ろうとも思いましたが、いったん引き取った形にしてあります。タイミングを見て断りを入れます』という内容だ。

「ミスター・サイクス。わざわざ二度手間をいただき恐縮です。その件はニシダから概略は聞いていますし、彼に一任しているので、ご説明は結構ですよ」

　ドナーは極めて丁寧な口調ながらも、きっぱりと言い切った。サイクスは矛先《ほこさき》をかわされて小さく息を呑んだ。

「ミスター・ニシダは極めて優秀なＣＦＯですから、ミスター・ドナーが全幅の信頼をおかれるのもよくわかります。ただ、彼は日本人なので、この国の深い部分まではなかなか理解しきれないのではないかと思いまして……」

「深い部分ですか。そういうところは、私も疎《うと》いほうです」

　会話をつなぐことに成功して、サイクスは内心ほくそ笑んだ。

「ご謙遜《けんそん》を。恐らくミスター・ニシダはエリック社の不正会計問題が、相当なダメージにつながると考えているのではないでしょうか。彼も『エリックが潰れるとは思わない』と言っていましたが、このタイミングでの転換社債は自殺行為だと思っているのでしょう。ただ、エリック社は全米七位の巨大企業です。また、先進的な事業戦略を取り入れてもいます。そして一番重要なのは、テキサス州の会社ということです。

エリック社はブッシュ大統領に多額の貢献をしているのです。敢《あ》えて申し上げるとすれば、政府保証の転換社債と思っていただいて間違いございません。ここだけの話ですが、ダイヤモンド・ブラザーズでも自己勘定で相応の金額を保有しようと思っているのです」

「政府保証の転換社債ですか。それはなかなか魅力的な運用のような気がしますね」

ドナーはサイクスの話に関心を示したように声のトーンが高くなる。

「さすが、ミスター・ドナーはご理解が早い。エリック社の株価は現在二十ドル台まで低迷しておりますが、一年前には八十五ドルでした。ＳＰＥを使った不正会計などと報道されていますが、マスコミの連中は先進的な財務戦略を全く理解していません。時間の経過に伴ってエリック社の先進性が理解されれば、株価が元に戻ることは必然です。投資家の立場からみれば、こんなにお得な運用商品は二度と出ないかもしれませんよ。売り切れる前に是非ご決断を……」

サイクスのトークは、立て板に水のごとく滑《なめ》らかだった。

「ミスター・サイクスのご厚意は身に染みて理解しました。ニシダと相談した上で、一両日中にはお返事申し上げたいと思います」

ドナーの明るい声を聞いて、サイクスは思わず右手の拳《こぶし》を握りしめた。

ドナーは受話器を置くと、思い直したように再度受話器を左手で持ち上げ、西田を呼び出した。在席していた西田がCEO執務室に現れるのに五分とはかからなかった。ノックの音とともにドアが開き、西田が顔を覗《のぞ》かせた。ドナーは執務机から立ち上がると、西田にソファーを勧めた。

「ケン、忙しいところ突然呼び出して申し訳ない。たった今、ダイヤモンド・ブラザーズのミスター・サイクスから電話があったんだ」

ドナーはサイクスとの電話のあらましを伝えると、エリック社の転換社債に投資してもいいと考えていることを伝えた。

「ミスター・ドナー、以前申し上げましたとおり、私は賛成しかねます。サイクスは信用できません。百歩譲ってサイクスを信用できたとしても、エリック社がこのタイミングでCBを発行することは、自らトリガーを引く行為となる可能性があります」

西田は平静を装おうとしたが、どうしても口調が厳しくなるのを抑えることができなかった。

「ミスター・サイクスに含むところがあることはわかるが、ビジネスに私情を挟むのはケンらしくないな。業績不振企業が転換社債を発行して間もなく倒産するケースが多いのもわかっている。ただ、エリック社が潰れさえしなければ、大きな儲けとなる投資であることも間違いないだろう。ミスター・サイクスの言うとおり、ブッシュ大統領との関係を考えれば、合衆国政府がエリック社を放置するとは考えにくい」

ドナーは一歩も引かない。

「おっしゃることは理解します。エリック社が倒産する可能性は、実際のところ高くないと考えます。ただ、事業会社として次の投資に備える資金を運用する手段として転換社債は、相応《ふさわ》しくないと思います」

「ミスター・サイクスは、ダイヤモンド・ブラザーズでも自己勘定で保有すると言っていた。エリックが倒産する確率は高くないどころか、太鼓判を押してもらったのと同義ではないのか」

ドナーの鋭い視線が西田を正面から捉えた。

「ダイヤモンド・ブラザーズの自己勘定など何の当てにもなりませんよ。転換社債の社債部分をＣＤＳでヘッジして、実質的には新株予約権だけを保有するに決まっています」

西田は吐息をつきながら、伏し目がちになった。サイクスをすっかり信用しているドナーに失望を隠し切れなかった。

ＣＤＳとはクレジット・デフォルト・スワップの頭文字を表わすデリバティブ取引の一つだ。例えば期間五年、想定元本一億ドルのエリック社のＣＤＳを購入すると、買い手は保証料に相当する一定の費用を支払うことで、期間内にエリック社が倒産した場合に、一億ドルをＣＤＳの売り手から受け取ることができる。エリック社の転換社債を購入すると同時にＣＤＳを購入すると、エリック社が倒産しても元本はＣＤＳの売り手から補塡してもらえるので、何ら損失を被《こうむ》らない。結果的に転換社債の新株予約権のみが手元に残ることになる。ヘッジファンドが転換社債に投資する場合、この様にＣＤＳで社債部分の信用リスクをヘッジすることが多い。こうしたからくりがあるからこそ、資金調達に行き詰まった厳しい状況の会社が、最終手段として転換社債を使って資金調達をすることができるのだ。

「それはつまり、ダイヤモンド・ブラザーズは、投資家と同じリスクをまったく取っていないということか。うーん。そうであれば、話は全然違うなぁ」

ダイヤモンド・ブラザーズがあたかも投資家と同じリスクを取るかのようだが、実際のところはエリック社が倒産しても損が出ないように、自らはしっかりヘッジするのだ。

ドナーは考える顔になった。右手で拳を作り、顎《あご》の下にコツコツと軽くぶつけている。

「おっしゃるとおりです。サイクスにはミスター・ドナーから直接断っていただくのがよろしいと思います。私が断りを入れても、しつこくサイクスからミスター・ドナーに連絡が入るでしょうから」

ドナーは再び西田の目を捉えた。

「それなら、我が社もエリック社の転換社債と一緒にCDSを購入すればいいじゃないか」

「社債部分をヘッジして新株予約権だけにしますと、相応の投資収益を上げるにはエリック社の現物株式の売り買いを、頻繁に行うことが必要になります。ポジション管理を行うシステムも必要です。我が社の財務は、そういう体制にはなっていません」

そう言いながら、西田はドナーの表情を読んでいた。つい先日M&Aのタイミングではないと指摘し、今度は余資運用に駄目出しでは、CEOのメンツが丸潰《まるつぶ》れとも言える。

西田は数秒の沈黙の後で、妥協案を提示する気持ちになっていた。

「ただ、先ほども申し上げましたとおり、私もエリック社が倒産する確率は極めて低いと思います。サイクスは二億ドルと言っていましたが、半分の一億ドル程度であれば投資する手もありますが……」

西田の妥協案を受けて、ドナーの顔がぱっと明るくなった。

「ケンにそう言ってもらえると、百人力を得た気分だよ。ミスター・サイクスには、ケンのほうから返事をしておいてくれ」

4

　エリック社に対するSEC（証券取引委員会）の調査も始まり、株価は二十ドルの大台割れ寸前まで下落していた。西田はサイクスに十月二十五日に電話を入れ、エリック社の転換社債を最大で一億ドル購入する旨を伝えた。西田はサイクスの提案を端《はな》から受ける気はなかったのだが、ドナーの気持ちを忖度《そんたく》したまでだ。ドナーを囲い込んだサイクスの作戦勝ちと言える。

　翌二十六日の昼前に、西田宛てにサイクスから電話が入った。事務的な話だと決め込んで「席を外している」と秘書に言わせたが、「一分で構わないので」と、サイクスは強引だった。

「ああ、ケン。忙しいところ申し訳ない。じつは購入を決断してもらったエリック社の転換社債だが、発行が延期になったんだ」

　サイクスはどちらかといえば砕《くだ》けた口調だ。ビジネスモードからはほど遠い。

「延期ですか。こちらは特別困ることはないので、タイムリーにご連絡いただかなくても良かったのですが。それにしても、何かあったのですか。株価が下げ止まらないことが理由でしょうか」

西田は、ここ数日、一日に五回はエリック社の株価をインターネットでチェックしていた。

「ちょっとした出来事があって。詳しくはまた連絡するよ。ではまた」

西田の反応を待たずに、電話は切られた。受話器を置きながら、「相変わらず、手前勝手な奴だ」と独りごちて立ち上がると、背広の上着をハンガーから外して袖《そで》を通した。

西田はジョージ・シュワルツとランチの約束をしていた。一階のエレベーターホールに降りると、すぐにシュワルツの姿が視界に入った。身長は一メートル九十センチで、一メートル七十七センチの西田は彼を見上げなければならない。ブロンドの短髪を七三に分けていた。ダークグレーのスーツ姿は、全く隙を感じさせなかった。西田のスーツはネイビー地に細いストライプだ。

二人は肩を並べるように本社ビルのエントランスを出た。気温は十五度くらいだろうか。やわらかい日差しが心地よい。街路樹は綺麗な黄葉だ。数分歩いたところにあるオープン・カフェで向い合せに座った。

西田はローストビーフ・サンドイッチとホットのカフェオレを、シュワルツはシーザーサラダ、シーフードパスタとアイスティーを注文した。

「ミスター・ニシダ、エリック社のファウストＣＦＯが辞任しましたねぇ。我が社が投資する転換社債は大丈夫ですか」

シュワルツは、大皿に盛られたシーザーサラダをフォークでかき混ぜながら、西田の顔を覗きこんだ。

「え、何だって。ファウストCFOが辞任だって？」

西田は目を丸くしてシュワルツの顔を見つめた。

「はい。先ほどロイターのニュース速報で流れていました。辞任の理由は不明だそうです。業績不振で株価が急落していることが原因でしょうか」

シュワルツはサラダを口に運んだ。西田は右手の人差し指を立てて二度三度と左右に小さく振った。

「それはない。業績不振の責任をCFOが取るなんて。ウォール・ストリート・ジャーナルに出ていた不正会計疑惑。恐らくは疑惑で済まなかったということだろう」

西田は応えながらオフィスを出る間際のサイクスからの電話を反芻《はんすう》していた。

「これが延期の本当の理由か」と小さな声でつぶやくと、カフェオレを一口啜《すす》った。

「ミスター・ニシダ。本当の理由とは何のことですか」

シュワルツは口をもごもごさせながら首を傾げている。

「ああ、ジョージにはまだ話してなかったね。オフィスを出る直前にダイヤモンド・ブラザーズのミスター・サイクスからコールがあって、転換社債の発行が延期になったと言われたんだ」

　西田は周りを少し気にして小声で応えると、視線をシュワルツに向けたまま、ローストビーフ・サンドイッチにかぶりついた。オープンテラスの座席は四人掛けのパラソル付き円卓が八つ並んでいるが、両隣は空いていた。

「そうだったのですか。延期ですか……」

　シュワルツはパスタを咀嚼《そしやく》しながら思案顔になった。

「まあ、サイクスは延期と言っていたけど、エリックのＣＦＯが辞任ということだと、実質中止ということだろうな。いよいよ、追い込まれた感じだなぁ。サイクスに変な運用商品を摑《つか》まされなくてよかったよ」

　西田の反応に、シュワルツは再び首を傾げながら訊《き》いた。

「あれぇ、エリック社の転換社債はミスター・ニシダの一押しではなかったのですか」

「ここだけの話だけど、ミスター・ドナーがサイクスの口車にうまいこと乗せられてねぇ。僕としても、全否定するわけにもいかなくなったというわけさ」

　西田は渋面を作った。シュワルツはアイスティーでパスタを流し込んだ。少し喉につかえたのか、胸を右手の拳で二、三度軽く叩いた。

「本当ですか。てっきりミスター・ニシダのアイディアかと思っていました」

「業績不振企業の発行する転換社債なんて危なっかしい商品に、当社のような事業会社が手を出すものではないよ。正直言って、延期になって心からほっとしているんだ。それにしても、この店のローストビーフ・サンドはボリューミーだな。これ以上はとても無理だな」

西田の皿には、ローストビーフ・サンドイッチが半分ほど残っている。つけ合わせのベイクドポテトもほとんど口がつけられていなかった。

「ベーカーCOO（最高執行責任者）は、完全にミスター・ニシダが古巣のダイヤモンド・ブラザーズとつるんでいると思っていますよ。M＆Aに反対されて根に持っているところもあるようですから、少し注意したほうがいいかもしれません」

リチャード・ベーカーはウェストン社のCOOで、地方大学中退ながら、抜群の営業成績で伸し上がった叩き上げだ。中肉中背で、太い眉毛《まゆげ》と猛禽類《もうきんるい》を思わせる鋭い目つき、そして大きな鼻は活力に漲《みなぎ》っている。西田よりも一回り以上年上だ。

「えっ、リチャードが。昨日の役員会でエリック社の転換社債一億ドルの購入を説明した時、全く異論はなかったけど。それに会議のあとで五分くらい立ち話をしたが、全くそんな素振《そぶ》りは見せなかった」

西田はシュワルツから視線を外すと、ベーカーとのやりとりを思い出していた。

「ベーカーCOOは、叩き上げの営業マンですから。ドナーCEOから全幅の信頼を得ているミスター・ニシダに、直接物申すようなことはしないでしょう。実際のところは、むしろそのことを快く思っていません。長年会社のために尽くしてきた自分よりも、入社四年でＣＦＯとして重用され、ＣＥＯから全幅の信頼を得ているミスター・ニシダに嫉妬《しっと》するのも理解できます。しつこいようですが、くれぐれも注意されたほうがよろしいと思います」

5

シカゴの十二月は寒い。平均気温は氷点下となり、日中の最高気温も摂氏五度を上回ることは珍しい。十二月三日月曜日の朝、西田はいつもよりも一時間早く出勤した。インターネットであらゆる媒体のニュースや市場の状況などを要領よくチェックし終えると、執務室の窓から、みぞれ混じりの小雨がオフィス街を陰鬱に包み込む様子をぼんやりと眺めていた。

エリック社はファウストＣＦＯ辞任の後、同業大手との合併に最後の望みを託していたが、次々と不正会計の実態が明るみに出て、十一月二十八日には断念せざるをえなくなっていた。

ダイヤモンド・ブラザーズのサイクスからは、エリック社の転換社債が発行延期になったという短い電話の後、全く音沙汰はなかった。もちろん西田のほうから連絡する気はなかった。むしろサイクスの声を聞かないで済むことは、精神衛生上もプラスであることは明瞭だ。ただ、エリック社の窮状が深まるにつけ、サイクスがどの面下《つら》げて自分の前に現れるのか、考えないでもなかった。

「サイクスの野郎。都合が悪くなると、途端にだんまりか……」

西田は無彩色の街並みを見下ろしながら、昨日のことを反芻していた。みぞれは雪に変わっていた。

エリック社は前日二日の日曜日に連邦破産法十一条適用を申請、事実上の倒産となっていた。連邦破産法十一条とは、日本の民事再生法に該当する。西田は自宅のリビングでそのニュースに接した。CNNの速報を見た西田は、腰を抜かさんばかりに驚いた。

「おいおい、エリックは大統領が守るのじゃなかったのか」

西田は思わず大きな声を出していた。両脇に冷や汗が流れるのを意識した。

「危なかった。ファウストCFOの辞任があと少し遅れていたら、一億ドルをどぶに捨てるところだった」

シャツの胸ポケットで携帯電話が振動した。シュワルツだ。

「ミスター・ニシダ。ニュース見ましたか。エリック社が破綻しましたね。驚きです」

シュワルツの声はかなり上ずっている。

「ああ。今ＣＮＮを見ていたところだよ。同業大手の救済合併が失敗したので相当厳しいとは思っていたが、正直言って僕も最後は政治マターで何とかすると思っていたからね」

西田は不安定な心理状態を押し隠すように、淡々とした口調で応じた。

「それにしても、間一髪セーフでした。転換社債延期になってラッキーとしか言いようがないですね」

シュワルツの口調は一層上ずっている。

「本来、エリック社がこのタイミングで転換社債を発行しようというのが、無理筋《すじ》なんだ。ダイヤモンド・ブラザーズのサイクスがそそのかしたのだと思うけど、まるで瀕死の状態の病人に鞭打《むちう》つような行為だからな。まぁ、『溺《おぼ》れる者は、藁《わら》をもつかむ』、という諺《ことわざ》どおりとも言えるか」

シュワルツの上ずった口調が気障《きざわ》りだったのか、西田は少し棘《とげ》のある言い方になっている自分を意識した。

「そう言えば、ベーカーＣＯＯが、エリック社の転換社債に投資することを決めたのは、決定的な判断ミスだと騒いでいました。一昨日だったと思います。どうしてもミスター・ニシダの足を引っ張りたいみたいです」

シュワルツの声量は途端に小さくなった。

「嘘だろう。前にも言ったけど、僕はミスター・ドナーを止めようとしたんだぜ」

今度は西田の声が上ずる番だ。

「私からもベーカーCOOには、そのように申し上げたのですが、CFOの責任の一点張りで、全く聞く耳を持ちません。何度も繰り返して申し訳ありませんが、くれぐれも注意して下さい」

「うーん、困ったなぁ。面倒だけど、タイミングを見て、ミスター・ベーカーには丁寧に説明するよ」

携帯電話を切って胸のポケットに仕舞い、大きくため息をついていると、再び携帯電話が振動した。ドナーからだ。

「ハイ、ケン。たった今ニュースで見たのだが、エリック社が倒産したらしい。まさかと思ったが本当のようだ」

心なしかドナーの声はくぐもって聞こえた。

「はい。私もたった今ニュースで知りました。ここのところサイクスから連絡がないので、エリック社のことはすっかり忘れていましたが、まさかチャプター・イレブンとは……」

西田は淡々とした口調で応えた。

「ケンには散々忠告されたが、結果的に転換社債一億ドルの投資を決めていただけに、肝《きも》が潰れる思いだ。危機一髪とは、まさにこのことだ。転換社債の発行が延期になったのは幸運としか言いようがない。それにしても、ケンには謝罪しなくてはいけない。本当に申し訳なかった。やっぱり財務に関しては、ケンの言うことに間違いがないことを再認識したよ」

ドナーの声量は更に小さくなった。西田は携帯電話を右手に持ち替えると、無意識に背筋《せすじ》を伸ばしていた。

「謝罪すべきは私のほうです。最終的に一億ドルの転換社債購入を決めたのは、この私です。それに、私もサイクスの言うことを真《ま》に受けておりました。エリック社が倒産することはありえないと確信していたのですから……」

ドナーの声量が少し膨らんだ。

「ケン、ありがとう。そう言ってもらえると、気持ちが少し楽になるよ。でも、最終的に損失を被らなかったのだから、このことはきっぱり忘れることにしよう」

「そうですね。ただし、ダイヤモンド・ブラザーズのサイクスは別だと思います。私の推測ですが、エリック社のＳＰＥを使った不正会計も表向きは監査法人が共謀者ということになっていますが、裏でサイクスが操っていた可能性が高いのではないでしようか」

西田の強い物言いに、ドナーの声が再び沈んだ。

「本当か。そうだとすると、ダイヤモンド・ブラザーズに完全に手玉に取られたということになるが」

「SPEを使ったスキームは、インベストメント・バンクの常套手段です。可能性大だと思います。サイクスは本当に信用ならない男です」

「たしかにケンの言うとおりかもしれないな。一度ならず二度までも裏切り行為をされたということだ。二度と会いたくない、というのが本音だよ。ただ、ダイヤモンド・ブラザーズはナンバーワンのインベストメント・バンクだから、全く付き合わないというのもマイナスの面が大きいからなぁ」

西田は感情的にはサイクスの顔など二度と見たくないのだが、ドナーの言うことにも一理ある。やはりダイヤモンド・ブラザーズの持つ情報は、質量ともに群を抜いていた。

「おっしゃるとおりだと思います。常に警戒感を持って接するということに尽きるかと。それにダイヤモンド・ブラザーズにも信用できる人物はいるでしょうから」

「四年前のケンのようにな」

ドナーは笑い声だ。

西田は照れ隠しに感情を殺して「ありがとうございます」と応えた。

6

ウェストン社の定例役員会は、毎月第一月曜日の午前十時から、三十二階の大会議室で行われる。五十人は着席できる楕円形の会議テーブルが部屋の中央に据えられていた。赤褐色のマホガニー製のテーブルと、背もたれの高い革張りの椅子、そしてやや光量を落とした間接照明が荘厳なムードを演出していた。

十二月の役員会は、重々しい空気が漂っていた。ＩＴバブルの崩壊でベースの景況感が弱いところに、九・一一のテロでヒト、モノの流れが世界中で滞り、米国経済は深刻な状況と言えた。ウェストン社の業績も十月以降、大きく計画を下回っていた。もっとも必需品を扱う製薬業界は、自動車や電機など他業種に比べれば、まだましではあったが。

十～十一月の業績ラップ、二〇〇一年の業績着地見込み、二〇〇二年の経済予想と経営方針、各営業セクションの動向、新薬開発動向等、議事は粛々と進んだ。

「経営環境は極めて厳しいが、下を向いていても何も起こらない。こういう時こそ、あらゆるチャンスを見逃すことなく、次の飛躍につなげてほしい」

ドナーが努めて明るい表情で会議を締めにかかったところで、隣に坐っていたCOのベーカーが挙手をして立ち上がった。

「こうして役員全員が揃っている折角《せっかく》の機会なので、是非とも情報を共有したいことがあります。先ほど調査セクションからも話がありましたエリック社の経営破綻に関して、財務セクションが見過ごすことのできない判断ミスをしていました。エリック社は倒産の二ヵ月前に、転換社債の発行を検討していました。ニシダCFO率いる財務セクションでは、一億ドルもの転換社債購入を決定していたのです。結果を申し上げれば、転換社債は発行延期となり、当社は損失を被ることはなかったのですが、私としては結果オーライで済ませていいこととは考えておりません」

会議室全体がどよめいた。間髪《かんはつ》を入れずに、隣席のドナーが立ち上がり、上体を捻ってベーカーのほうに顔を向けた。

「ミスター・ベーカー。そのことは私も同意して進めた話だ。財務セクションの独断という話ではない」

ドナーは早口でベーカーを制するように応じた。瞬《またた》く間《ま》に会議室の雑音が消えた。全ての視線は立ち上がって対峙する恰好の二人に向けられた。西田は着席したまま、右隣に立っているベーカーに鋭い視線を送った。

「そういう問題ではございません。専門家である財務セクションの決定事項であることが、問題だと申し上げているのです。しかも、ＣＦＯのミスター・ニシダは、インベストメント・バンクのダイヤモンド・ブラザーズ出身です。いわば、プロ中のプロと言えるでしょう。そのプロフェッショナルにしては、あまりにも初歩的なミスと言えないでしょうか」

たまらず西田は立ち上がると、ベーカーのほうに体を向けた。おびただしい視線が西田に集中する。

「その件につきましては、ミスター・ベーカーに詳しくご説明せず、大変申し訳ございませんでした。ダイヤモンド・ブラザーズからの提案を鵜呑《うの》みにしてエリック社の転換社債購入を一度は決定しましたことは、間違いなく私の失策です」

そう言うと、西田はベーカーのほうに向けて頭を軽く下げた。

「そう、そこですよ。ダイヤモンド・ブラザーズ出身のミスター・ニシダが、ダイヤモンド・ブラザーズの提案を鵜呑みにする。しかもこの投資話を持ち込んできたダイヤモンド・ブラザーズのＳＭＤ、たしかサイクスと言いましたか、彼はミスター・ニシダの元上司ということです。これはまさしく癒着《ゆちゃく》関係ということを疑わざるをえません。ミスター・ニシダが身綺麗《みぎれい》かどうかも甚《はなは》だ疑わしいところです」

ベーカーの発言は、西田への個人攻撃の様相を呈してきた。さすがに西田の顔色が変わった。

「変な言いがかりはやめて下さい。ミスター・サイクスはたしかに私の元上司ですが、その元上司の裏切りでダイヤモンド・ブラザーズをたったの一年で退職した身です。その経緯については、ミスター・ドナーがよくご存じです。癒着どころか、嫌悪の対象ですよ、ミスター・サイクスは……」

「ケン、いやミスター・ニシダの言うとおりだ。過去の経緯は私もよく知っている。大体、今回のエリック社の転換社債は、私が直接、ダイヤモンド・ブラザーズのミスター・サイクスから提案され、ミスター・ニシダの反対を翻意させたのも、この私だ。責任を問うのであれば、その対象は私、ドナーであるべきだろう」

ドナーはたまらず、二人の間に割って入った。会議室には起立している三人以外に、誰一人として口を開く者はいない。ベーカーはテーブルのほうに向き直ると、着席している役員陣に問いかけるように言った。

「みなさん、どう思われますか。ミスター・ドナーはご自分の責任とおっしゃるが、はたしてそうでしょうか。こう言っては失礼ながら、ミスター・ドナーは金融の専門家ではない。一方で、ミスター・ニシダは元インベストメント・バンカーです。そのミスター・ニシダが倒産寸前の会社の転換社債を危なく一億ドルも摑まされそうになったのは、明らかに問題だと思いませんか」

ドナーはベーカーの右肩を左手で摑むと、自分のほうに向けるように力を入れた。

鋭い眼光がベーカーを捉えている。

「だから、ミスター・ニシダは当初反対したと言っているだろう。少しは人の話を聞いたらどうなんだ」

ベーカーは左手でドナーの左手を払うと、再び正面を向いた。

「当初反対していたかどうかは問題ではありません。ミスター・ニシダが最終的に一億ドルもの転換社債の投資を決断したことに、問題があるのです。私がこういう厳しい経済環境だからこそＭ＆Ａを積極的に仕掛けるべきだと申しあげた時、ミスター・ニシダはリスクを問題にして反対されました。たしか、賭博《とばく》とおっしゃったと記憶しています。そのミスター・ニシダが、倒産寸前の会社が発行する転換社債などという、賭博以上にリスキーな投資を、元上司の提案に乗る形で断行しようとしていたのです。この事実を見過ごしては、役員会としての役目を果たしていないと言われても、反論のしようがないのではないでしょうか」

ベーカーはドナーの対応に怯《ひる》むどころか、さらに勢いづいた。

「そう言《い》い募《つの》られても、何ら損失が発生したわけでも、誰かに迷惑をかけたわけでもないからなぁ。君は一体何が言いたいんだ」

ドナーはベーカーの勢いに呑まれた。ベーカーは咳払《せきばら》いを一つして間を開けると、ゆっくりと大きな声を発した。

「私は、ミスター・ニシダをCFOのポジションから解任すべき、と考えます」

会議室が騒然となる。言葉にならない声が部屋全体を覆った。出席者の誰ひとりとして想像していなかったセリフだ。ベーカーはしてやったりとばかりに背筋を伸ばし、胸を張った。西田は予想だにしなかった展開に呆然《ぼうぜん》とベーカーの顔を見ていた。

「おいおい、ミスター・ベーカー。悪い冗談は、ほどほどにしてくれないか。ミスター・ニシダをCFOから解任しろだって。一セントの損も出していないのに、転換社債に投資すると決めただけでか。きみが言っていることは、人を殺したいと思ったら殺人罪に問え、ということと同じだろう」

ドナーは声を荒らげた。いつも冷静沈着で包容力に溢《あふ》れたCEOが、初めて見せる姿といってもよかった。

「そうではないでしょう。ミスター・ニシダは、転換社債への投資を決定したが、運良く発行が延期になったのです。今ほどのたとえで言うのなら、殺人を計画したが、実行前に殺す相手が自殺した、といったところでしょうか」

ベーカーは冷笑を浮かべた。

「そんな言葉尻はどうでもいい。断じてCFOの解任など認めない」

ドナーは顔をみるみる紅潮させた。ベーカーは上体を斜め前方に動かし、ドナーの後ろにいる西田に向けて人差し指を突き出した。

「ミスター・ニシダ。あなたはどう考えるのだ。ＣＦＯにあるまじき判断だったとは思わないのか」

西田はベーカーに指差されて我に返った。シュワルツの『ベーカーＣＯＯには注意して下さい』というセリフがふっと頭に浮かぶ。

転換社債については、当初よりドナーに反対の意思を伝え、最後はドナーの顔を立てる形で金額を半減させたのだ。本音を言えば、自分に落ち度はない。しかし、ドナーに責任を押し付けるわけにはいかない。ウェストン社のためにも、ドナーは守らなくてはならない。

「おっしゃるとおり、エリック社の転換社債に一億ドル投資するという判断は、不的確でした。発行が見送られたことは、幸運としか言いようがありません。ＣＦＯ不適格と言われるのであれば、そのとおりかもしれません。私はいつでも辞める覚悟を持っております」

西田の言葉に、再度会議室が騒然となる。勝ち誇った顔のベーカー。ドナーは視線を上に向けて立《た》ち竦《すく》んでいる。会議に陪席していたシュワルツが意を決したように立ち上がるとドナーの元に歩み寄った。

「ドナーＣＥＯ。いったんベーカーＣＯＯの意見を引き取って、会議を終わらせては如何《いかが》ですか」

ドナーは一瞬考える顔を作ったが、シュワルツにひと頷きすると、上体を正面に向けた。

「ベーカーCOOの意見ですが、事がことだけに慎重に、判断すべきではないかと思います。いったん私のほうで引き取り、再度みなさんと議論したいと思う」

ドナーは会議室のドアに向かって歩き出すも、踵《きびす》を返して西田の元に歩み寄り、「ケン、心配することはなにもない。近いうちにじっくりと話をしよう」と囁《ささや》いた。

7

十二月七日夜八時。ドナーと西田はマグニフィセント・マイル（ミシガン通り）に面したステーキハウスで向い合っていた。窓からは煌《きら》びやかなイルミネーションが一望できる。

マグニフィセント・マイルはニューヨーク五番街のような目抜き通りで、シカゴ、そしてアメリカで最も有名なショッピング通りの一つだ。世界の一流ショップやホテル、レストランが集結しており、十一月中旬から十二月にかけてクリスマスムード一色となる。

ドナーと西田のテーブルにはニューヨークカットのステーキ、シーフードサラダ、

バケット、赤ワインの入ったグラスが所狭しと並んでいた。天井から吊るされている
シャンデリアが窓ガラスに映り、街路樹を彩るイルミネーションと交錯して見える。

「ケン、シカゴの十二月は綺麗だろう。クリスマスのイルミネーションを見ると、何歳になっても自然と顔が綻《ほころ》んでくるからなぁ」

ドナーは口一杯にサーロインステーキを頰張りながら、満面の笑みだ。

「はい。私は今年が二シーズン目ですが、家族で楽しんでいます。先月の十七日には、マグニフィセント・マイル・ライツ・フェスティバルに参加してきました。かなり冷え込みましたが、ミッキーマウスがフロート（山車《だし》）に乗ってクリスマスのデコレーションに点灯していくイベントは、雄介《ゆうすけ》も大喜びでした。最も興奮していたのは家内の綾子《あやこ》でしたが」

マグニフィセント・マイル・ライツ・フェスティバルは、感謝祭の休日（第四木曜日）の直前の土曜日に行われる、クリスマスシーズンの到来を告げる大イベントだ。

「ほう、それは良かった。ユースケは、たしかもうすぐ一歳だねぇ」

「はい、来月二十一日が誕生日です。ようやく立ち上がれるようになりました。ミッキーマウスに向かって一生懸命手を伸ばしている姿を見ると、子供の成長の早さを実感します」

西田は赤ワインと一緒に、ステーキ肉を喉に流し込んだ。レストランはほぼ満席

だ。あちこちから、賑やかな会話が聞こえてくる。

厚さ三センチメートルほどのニューヨークステーキをドナーは軽く平らげた。西田は三分の一を残してギブアップした。

「もう、ダメです。いくら美味《おい》しくても、このボリュームは胃袋に収まりません」

西田はお腹をさすりながら、声を洩《も》らした。

「ははは、ケン、無理するな。デザートはどうだ。僕はチーズケーキくらいならいけるぞ。クリスマスシーズンだからイチゴのショートケーキもいいな」

ドナーは布製のナプキンで口の周りを拭《ぬぐ》った。

「とても無理です。食べ物が入る隙間《すきま》がありません」

腹をさする西田を見て、ドナーはドリンクメニューを手に取った。

「それなら食後酒を飲もう。私は貴腐《きふ》ワインにするが、ケンは何を飲む」

「私はブランデーをいただきます」

九時半を過ぎ、店内は落ち着いたムードになっていた。テーブルの半分くらいが空席になっている。ドナーはワイングラスをテーブルに置くと、意を決したように言った。

「月曜の役員会の話だが、あれから色々と考えたが、やはりケンに落ち度は全くない以上、ベーカーの提案を受けるわけにはいかない。もし仮に役員の賛同を得られないようであれば、私が辞職しようと思う」

言い終わると、ドナーはワイングラスを口に運んだ。

「ミスター・ドナー、それはいけません。この厳しい経営環境の今、ウェストン社にとってドナーCEOは掛け替えのない人です。それに、どのような経緯があったにしても、エリック社の転換社債への投資を決定したのは、ＣＦＯの私です。必要とあれば、私はいつでも辞表を提出いたします」

西田の瞳《ひとみ》には、強い意志が宿っていた。

「いや、ケンこそウェストン社に必要な人材だ。それに、私の顔を立てて転換社債の投資を許容してくれたのは、わかっているぞ。ケンに落ち度は全くない。むしろダイヤモンド・ブラザーズのサイクスに乗せられた私の責任だ」

西田は改めて、ドナーが信頼できるボスであることを強く認識した。こういう上司に仕えることができるのは、幸せとしか言いようがない。サイクスとはまさに雲泥《うんでい》の差《さ》だ。

「経緯はどうであれ、私のＣＦＯとしての責任は逃れられないと思います」

西田はブランデーを喉に流し込んだ。ドナーは「ふーっ」と息を吐いた。視線は天井から吊り下がっているシャンデリアに向いている。

「だいたい、何ら損も出ていないし、投資もしていない。それを何でこのように大事にしなければならないんだ。ベーカーは少し頭がおかしいのではないか」

ドナーが無理矢理に笑顔を作ると、西田も引《ひ》き攣《つ》ったような笑顔で応じた。

「シュワルツによれば、ミスター・ドナーが私のことを引き立てて下さっていることをミスター・ベーカーは快く思っていないようだと……。シカゴに来て一年でCFOに抜擢《ばってき》いただいたこともそうですが」

「うーん。そう言われればわからないでもないが、ケンの働きを正当に評価しているだけだからなぁ」

ドナーの視線は再び天井に戻る。

「やはりミスター・ベーカーに対して結果論で説得することは、難しいと思います。正論だけに役員会のムードもミスター・ベーカー寄りでしょう。私がCFOを辞任しないことには収まらないと思います」

西田はそう言いながらも、ドナーに否定してもらうことを半分期待していた。ドナーは天井を見つめ、動きを止めた。時間にして一分程度だが、西田には随分と長く感じられた。ドナーは視線を下ろすと西田の目を捉え、ひと頷きした。

「うん。そうだな、ケン。ケンには大変申し訳ないが、いったんCFOを退いてもらうしかなさそうだ。しばらくケンにはウェストン・ジャパンの社長をやってもらおう。本社役員の待遇は維持する。数年したら本社に戻ってもらうから、辛抱してくれないか」

「日本法人の社長ですか……」

今度は西田が動きを止める番だ。動きというよりは思考が止まった、というのが正しい表現かもしれない。

「どうだろう、ケン。不服だとは思うが我慢してくれないか」

数十秒の沈黙の後で、ドナーが焦《じ》れて問いかけた。西田は「ふっ」と我に返る。

「ああ、そうですね。わかりました。ありがとうございます。こんな私のことを慮《おもんぱか》っていただきまして、本当にありがとうございます。本社役員も日本法人の社長も、私には過分な待遇です」

ドナーは表情を崩すと、残り少なくなったワインを一気に飲み干した。左手を上げてウエートレスを呼ぶと、「同じものを」と言ってお替りをオーダーした。西田も合わせて「僕にもお替りを」と言ってブランデーグラスを左手で持ち上げた。

「ケン、申し訳ない。ほどなく本社に戻ってもらうから、辛抱してくれ。このタイミングでケンを失うのは本当に痛手だが、どうしようもない」

ドナーは深々と頭を下げた。

「失うというのは少し違いませんか。物理的には少々遠くなりますけど、同じ会社ですし、ミスター・ドナーの部下であることは変わりません。時差など気になさらず、存分に引き回していただきたいと思います」

西田は、二杯目のブランデーを、まるでビールを飲むように一気に飲み干した。

「それにしても、ダイヤモンド・ブラザーズのサイクスに、またしてもケンとの関係を壊されたことになる。自分の馬鹿さ加減は置いておくとして、あいつをこのままのさばらせておくことだけは、許しがたい気分だよ」

ドナーもワインを一気に飲み干した。食後酒と言いながら、三杯、四杯とお替りを重ね、ヤケ酒の様相となった。西田は悔しさもあり、少しも酔えなかったが、一方でドナーの誠意を重々感じてもいた。

「私も日本人ですから、日本に戻るのは悪い話ではありません。ましてや社長に抜擢していただくわけですから、身の引き締まる思いです」

「サンキュー、サンキュー」

西田もドナーも少し呂律《ろれつ》があやしくなっていた。西田はドナーと杯を重ねるうちに、「日本法人の社長も悪くない」と本気で思い始めてもいた。

二〇〇二年二月一日付で、西田健雄はウェストン社日本法人の社長に就任した。

第四章　金融不況

1

米国製薬会社最大手、ウェストン社の日本現地法人、日本ウェストン社社長の西田《にしだ》健雄《けんゆう》は妻の綾子《あやこ》、長男の雄介《ゆうすけ》と三人で、目黒《めぐろ》区南《みなみ》の賃貸マンションで暮らしている。雄介は一歳になったばかりだ。二LDK、八十平米はシカゴでの庭付き一戸建てとは比ぶるべくもないが、東京の住宅事情では厚遇されている部類と思わざるを得ない。家賃は月額で三十万円強、全額会社負担だ。

最寄り駅は、東急《とうきゆう》目黒線の洗足《せんぞく》。目黒線は目黒駅と大田《おおた》区蒲田《かまた》を結ぶ東急目蒲《めかま》線として営業されていたが、二〇〇〇年八月に東急東横《とうよこ》線の複々線化に合わせて、田園調布《でんえんちようふ》駅より先を東横線の線路を使って川崎《かわさき》市の武蔵小杉《むさしこすぎ》駅と目黒を結ぶ線に再編された。東急目黒線という名称ながら、目黒区内に存在する駅は洗足駅一つしかない。目黒駅は品川《しながわ》区内にある。

目黒区南には皇太子妃の実家があり、洗足駅前には〝プリンセス通り〟という別称の小ぢんまりとした商店街がある。新宿《しんじゆく》駅西口にあるオフィスまでは、目黒線からJ

R山手線《やまのて》に乗り換えて、ドア・トゥ・ドアで四十分の距離だ。

前任の米国人社長は月額百万円以上の六本木《ろっぽんぎ》にある高級サービスアパートメントに住み、社有車での通勤を社長の当然の権利としていた。西田は自ら電車通勤を志望した。子会社の社長風情が、という思いもあるし、自分のような青二才が、という気恥ずかしさもあった。もっとも、一番の理由は、健康のために少しでも歩いたほうがいいと考えたことだ。

結果的に、前社長から西田に社長が交代したことで、車と社宅費用を合わせて月額二百万円以上のコストセーブとなった。浮いたコストで有能な人材を三人雇用することができる。西田社長が従業員の心を摑《つか》むのに、多くの時間を必要とはしなかった所以《ゆえん》でもある。


二〇〇二年四月一日、洗足駅まで十分弱の短い時間ではあるが、住宅街に散在する桜の木を眺めながら、西田は歩いていた。天候は快晴、七時前ながら少し汗ばむ陽気だ。唯一のネガティブ要素は、気温の上昇とともに猛威を振るっているスギ花粉だ。西田は大学時代に花粉症を発症して以来、日本では二月下旬から四月上旬ごろまで、毎年のように苦しめられていた。本来は桜が咲き、新緑が生命の息吹《いぶき》を感じさせる季節だけに、残念でならない。

マスクの中で鼻水を啜《すす》りながら、『やっぱりシカゴはよかったなぁ』と思うのも頷《うなず》ける。座れないまでも余裕で新聞を読めるスペースを確保できる目黒線の車内は快適だ。山手線は若干混むものの、つり革は十分に確保できた。

七時半過ぎにオフィスに到着すると、まずはニューヨーク市場の動きをチェックするのが西田の日課だ。金融マーケットに大きな動きがあった時には、シカゴ本社の財務部門に状況を直接確認することもある。この日は月曜日なので、市場概況は週末に確認を済ませており、インターネットのニュースを流し読みする程度で済ませた。

社長執務室は約二十坪のスペースに、ダークブラウンの木製執務机と、黒い革張りのソファーセットが余裕を持って配置されていた。毛足の長い絨毯《じゅうたん》は鮮やかなグリーン。前任社長のゴルフ好きがオフィスにも持ち込まれていた。

九時半過ぎ、ノックの音とともに秘書の杉山恵梨果《すぎやまえりか》がドアから顔を覗《のぞ》かせた。

「西田社長、おはようございます。紅茶をお持ちしました」

恵梨果は執務机の上に紅茶を置いた。西田はいつもミルクティーだ。

「ありがとう」

西田は笑顔を執務机の右側に立っている恵梨果に向けると、ティーカップを持ち上げてひと啜りした。

「本日は十時半に来客のアポイントがございます。旭日《あさひ》新聞経済部の高畑《たかはた》記者です。

ランチは東邦《とうほう》女子医大の柳井《やない》教授と、パークハイアットのニューヨークグリルで、十二時から西田社長名で予約を入れてございます。午後は珍しく予定はございません。ところで、今日統合初日のニッポンフィナンシャルバンクが騒々しいようですけど、ご存じですか」

恵梨果は西田を覗き込むように見つめた。西田はティーカップを左手で持ったまま、

「えっ、ニッポンフィナンシャルバンク？」と、おうむ返しした。

ニューヨークのキタノホテルで、ジャネットとの逢瀬《おうせ》に出くわした山本大輔《やまもとだいすけ》の顔が目に浮かぶ。

ニッポンフィナンシャルバンクは、朝日中央《あさひちゅうおう》、芙蓉《ふよう》、日本産業の三行が統合して発足したメガバンクだ。今日、四月一日がニッポンフィナンシャルバンクとしてのスタートの日にあたる。

「そうなんです。今朝、新宿駅の地下通路を歩いて来る途中、支店のＡＴＭでお金を引きだそうとしたのですが、故障しているのか、お金が出てこないんです。何度か機械を変えてトライしたのですが、結局下ろせませんでした」

恵梨果が顔をしかめた。

「ＡＴＭの故障とは信じられないな。僕も昔は銀行員をやっていたけど、聞いたこと

がない」

西田も恵梨果に合わせて、しかめっ面《つら》になった。

視線をデスクトップのパソコンに戻すと、『ニッポンフィナンシャルバンクでシステム障害発生』『ATM稼働せず、苦難の船出』等々のニュースの見出しが躍っている。

「なんだか大変なことになっているぞ。新銀行の初日からシステム障害なんて……」

西田は呟《つぶや》きながら、パソコンのニュース画面を検索した。恵梨果が退室したことにも気づかないほど、パソコンの画面に集中していた。インターネットのニュースをいくら検索しても、原因不明のシステム障害が発生したこと以上、何ひとつ明らかにならなかった。

午後二時半過ぎに経理部長の大久保勝《おおくぼまさる》が社長執務室に駆け込んできた。

「西田社長、緊急事態です。本日付の納入業者向け送金のうち、ニッポンフィナンシャルバンクの口座に向けたものが、着金していないということです。今朝からニッポンフィナンシャルバンクのシステム障害は報道されておりましたが、てっきりATMだけだと思っていました」

大久保は浅黒い顔にギョロリとした目が印象的で、頭髪は大工の棟梁《とうりよう》のように短く刈り上げている。一見強面《こわもて》だが、見かけによらず冷静な男だ。前職は東北の地方銀行で、融資営業を担当していた。大久保らしからぬ興奮した口調は、事態の緊迫度合を如実《にょじつ》に表わしていた。

「僕もニッポンフィナンシャルバンクの件は気になっていたのだが……。入金できていないのは何社くらいあるの？」

西田はただならぬ気配を察したが、まだ実感が伴わなかった。

「それが、まだ把握できていません。ただ、先月末が日曜日でしたので、月初めの本日送金実行となる件数は、かなりの数に上ります。日本企業の多くは三月が決算月ですので、もともと三月末日を期限とする契約が集中する傾向にあります」

大久保は、言葉を重ねるたびに事態の深刻さを再認識しているようだ。ギョロ目は見開かれたままだ。

「間が悪いというか、悪いことは重なるというか……。ところで、ニッポンフィナンシャルバンクのシステムが全て稼働していないと仮定すると、ニッポンフィナンシャルバンク経由での我が社への入金にも影響があるということにならないか」

西田は脇腹に冷や汗が流れるのを感じた。

日本ウェストン社の入金は、光陵《こうりょう》銀行の新宿西口支店に集中しているが、取引先がニッポンフィナンシャルバンクから送金してくることは充分に考えられる。あるべき入金が途絶えれば、金繰《かねぐ》り破綻するリスクもある。

「我が社の入出金口座は光陵銀行の新宿西口支店に集中しております。問題は取引先がニッポンフィナンシャルバンクを使って送金してくる場合ですが、運よくと言いますか、当社の場合は入金日が月末で休日にあたる場合、前営業日に前倒しとする契約を結んでいる取引先が大半ですから、本日入金となる件数は、さほど多くはございません。そういうことで申しあげれば、本日のところ当社の金繰りに影響は軽微《けいび》ということになります」

「そう。それはひと安心だ。営業や財務の努力の賜物《たまもの》ということになるな」

西田は安堵《あんど》の気持ちを素直に表情に出した。

休日処理を入金は前日、出金は翌日としているのは、日本ウェストン社の取引先との主従関係を明瞭に表わしている。入金は一日でも早く、出金は遅くすることで、会社の金繰りは改善し、運転資金コストも良化するからだ。

「そうはおっしゃいますが、納入業者からクレームも受けますし、万が一にも取引先が金繰り倒産にでもなれば、我が社にも影響は及びますから、安心ばかりもしていられません」

大久保は小声ではあるが、ずけっと言った。

「わかった。事態が動いたら可及的《かきゅう》速《すみ》やかに報告して下さい」

ニッポンフィナンシャルバンクのシステム障害は、時間の経過とともにその深刻度合を増していた。ATMが正常に作動せず使用停止になったばかりでなく、動いてはいるものの現金引き出しを行うと現金が出てこずに、取引明細には引き出された分だけ残高が減額しているケース、入金したが現金だけが取り込まれ、残高明細にはその分の増額がなされていないケースなど、大混乱となった。

2

大久保は西田への報告の後、自席に戻ると、ふと産銀《さんぎん》新宿支店の担当者、山田義明《やまだよしあき》の顔を思い出した。

山田は新規開拓と称して、ひと月に一度は顔を見せている。名刺フォルダーを机の引き出しから引っ張り出して、〝産銀〟の見出しの近くにある何枚かを引き抜いた。〝日本産業銀行新宿支店営業第二課　副調査役　山田義明〟の名刺を見つけると、名刺記載の電話番号をプッシュした。

副調査役は最速入社十年目で付く肩書だ。ただし、産銀は同期で昇進スピードに差はつかない。上司をぶん殴るでもしない限り、副調査役には皆同じタイミングで昇進する。産銀新宿支店は、今日からニッポンフィナンシャルバンク新宿南口支店と名称変更していた。

「お待たせいたしました。〝にっぽんさんぎょう……〟ではなかった、ニッポンフィナンシャルバンク新宿南口支店、山田でございます」

呼び出し音が五回鳴った後で、ぎこちないながらもはっきりした抑揚《よくよう》のある声が大久保の左耳に響いた。新銀行の初日に旧銀行名を言い掛けたのはご愛嬌《あいきょう》だ。

「ああ、山田さん。日本ウェストン社経理部の大久保です。新銀行発足初日でお忙しいところ申し訳ありません」

大久保は山田と対照的にぼそぼそした口調だ。

「大久保部長、お世話になっております。ご挨拶が遅れて申し訳ございません。本日から産銀新宿支店は、ニッポンフィナンシャルバンク新宿南口支店となっております」

山田の声がいっそう大きくなった。

「お忙しいでしょうから手短に伺《うかが》いますが、システム障害は復旧しましたか」

大久保もつられるように声量《せいりょう》が増した。

「大変申し訳ございません。統合初日からお騒がせをいたしまして。それが、じつのところ、全く何が起こっているのか、わからない状況でして。取引先から引っ切り無しにお電話をいただいて、送金が全くできていないことはわかっているのですが、銀行の中では何も説明を受けておりませんで……」

山田の声は急に小さくなった。語尾はほとんど聞き取れない。

「システムトラブルが発生してから、かれこれ六時間経過しているのに、本部から何も説明がないのですか。かなり深刻な状況のようですねぇ。何かわかったら電話してもらえますか。弊社も御行宛ての送金が滞《とどこお》っていますので……」

大久保は丁寧な口調を崩さなかった。朝から怒鳴り声を浴びせられ続けた山田にとっては、どれだけありがたいことか。

「承知いたしました。何かわかり次第、お電話させていただきます。ご迷惑をおかけして、誠に申し訳ありません」

大久保の丁寧な対応に勇気づけられたのか、山田の声に元気が戻っていた。大久保が受話器を置くタイミングを見計らったかのように、部下が歩み寄ってきた。部下の説明では、ニッポンフィナンシャルバンクは、人海《じんかい》戦術でシステム障害への対応をするということだ。人海戦術とは、本来システムでデータ処理するべき送金や口座引き落としを、全て行員が手作業でシステムへの入力を行うことを意味する。システム障害の原因はまだ不明のままらしい。

『これは大変だぞ。何万件あるのか知らないが、徹夜で作業してもシステムが復旧しなければ、処理の遅れは雪だるま式に増えていく可能性もある。前代未聞の事態かもしれない』

大久保の予感は的中した。ニッポンフィナンシャルバンクの口座振替未処理件数は、徹夜の作業にもかかわらず一日で約十万件、四日後の五日には二百五十万件にまで膨《ふく》れ上がっていた。

新宿南口支店の山田から大久保に連絡が入ったのは四月五日、午後五時過ぎだった。

「大久保部長、大変ご迷惑をおかけしました。なかなかご連絡ができなくて、申し訳ございません。取引先に次から次に呼び出されまして……」

山田が憔悴《しょうすい》しきっていることは、受話器越しにも明瞭《めいりょう》だった。

「それは大変でしたね。そんな中で連絡をいただき、ありがたい限りです。それで、システムトラブルの原因は解明されましたか」

大久保の声は優しいトーンだ。

「それが、大変申し上げにくいのですが、営業現場には未《いま》だに全く情報が降りて来ないのです。本部からは、『ひたすら顧客に謝罪しろ』オンリーです。取引先に呼び出されても、正直申し上げて子供の使い状態で、情けないったらありません」

山田は感情が高ぶって、涙声だ。

「そうですか。それにしても五日間にもなるのに、未だに原因不明というのは厳しいですね」

そう言いながら、大久保は内心でため息をついていた。

「本当です。田舎《いなか》にいる母親からも『ニッポンフィナンシャルバンクは大丈夫なのか』と聞かれる始末です。ここだけの話ですが、母親には『光陵銀行に口座を移したほうがベターじゃないか』と思わずアドバイスしてしまいました」

「…………」

「もう一つ、ここだけの話をしますと、本当のところ旧朝日中央の連中は、新銀行スタートの二日前からシステムが上手《うま》く稼働しないことを知っていたらしいのです。何でも、朝日中央の実質トップと言われている陣内《じんない》副頭取が、情報を握りこんでいたとか。もう銀行内部では疑心暗鬼の嵐が吹き荒れています」

「本当ですか。にわかには信じ難《がた》いお話ですが、〝火の無いところに煙は立たず〟と言いますから、あながちありえないとは言えませんねぇ」

日を追うごとに深刻化するニッポンフィナンシャルバンクのシステム障害は、日本中の関心事となった。二日に〝ヤマ爺《じい》〟こと山川誠一郎《やまかわせいいちろう》財務大臣の「二十一世紀の現代社会にATMが動かないなんて、ありえん話だ。ニッポンフィナンシャルは、図体《ずうたい》ばかりでかくなって、中身は空《から》っぽのままだ」という発言が新聞紙面を賑《にぎ》わしたのを皮切りに、連日ニッポンフィナンシャル叩きが続いた。溺《おぼ》れる犬を叩くのは、マスコミの常套《じょうとう》手段だ。

さらに、ニッポンフィナンシャル側の不手際《ふてぎわ》が火に油を注ぐ。五日に口座振替の未処理が二百五十万件に達し、加えて二重引き落としが三万件発生した。七日日曜日に、ニッポンフィナンシャルは、ＡＴＭの全面復旧宣言を出したが、翌八日にＡＴＭトラブル、二重引き落としが再発する。追い打ちをかけるように、持ち株会社であるニッポンフィナンシャルホールディングス社長の前野輝夫《まえのてるお》が国会に参考人招致され、「システム障害による実害はない」と発言するに及んで、まさに火だるまとなった。

口座振替や送金が、社会のインフラの一部に組み込まれていることを実感させるには、実害が大きすぎると言わざるをえない。日本人のほとんどは、決まった日に電気料金や水道代、電話代などが銀行の口座から引き落とされることを当たり前だと思っている。給料が銀行口座に入金されることも、住宅ローンの引き落としも同様だ。誰もが当然と思っていることが当然でなくなった時、想像を絶する事態が出来《しゅったい》する。

ただし、三つの銀行のシステムをリレー方式でつないで、新銀行のシステムとして稼働させるという、当たり前ではない状況に際して起きたシステム障害は、天災とは言えない。人災と言うほうが正解だろう。三行の上層部が主導権争いに血道《ちみち》を上げ、自らの不利益になると思《おぼ》しきマイナスの状況に聞く耳を持たない、不健全な組織に必然的に発生した、不測の事態だ。おそらく、システムの担当者は、システム障害が発生する相当前から、警鐘《けいしょう》を鳴らしていたに相違なかった。

3

「それにしても、ニッポンフィナンシャルの前野社長の国会答弁は酷《ひど》かったなぁ。これだけの社会的混乱を起こしておいて、『実害はない』と言うのは、世間知らずにも程《ほど》がある。ブレーンが間抜《まぬ》けということなんだろうけど、それを真《ま》に受ける前野社長には経営者の資質が欠如《けつじょ》していると言わざるをえない」

社長執務室のソファーに座っている西田は、眉《まゆ》を寄せたしかめっ面で、首をやや右に傾《かたむ》けた。ローテーブルを挟《はさ》んで反対側に座っている経理部長の大久保は、背筋《せすじ》を伸ばし、ぎゅっと握った両手は脚の付け根の上に並んでいる。もっとも、疲れ切った表情は隠しきれない。

四月十五日の午後二時を過ぎたところだ。西田が話を続けた。

「監督官庁の金融庁も同罪だな。システム障害を事前に認識していたらしいじゃあないか」

金融庁がニッポンフィナンシャルバンクからシステム障害の報告を事前に受けていたことが発覚したのは、十三日だ。

「大泉《おおいずみ》総理が『ニッポンフィナンシャルバンクはたるんでいる』なんて発言をしていますけど、これも危機感の欠如を言われても仕方がないと思います。学校の先生じゃあないのですから」

大久保も自然としかめっ面になる。

「たしかに、政官の危機対応能力欠如を問われても仕方ないだろう。わが社にとっては他人事《ひとごと》という感覚が残るけど、ニッポンフィナンシャルバンクがメインバンクの会社は、生きた心地がしないだろうなぁ。まともに決済ができないのだから。こうなってみると、銀行ネットワークを経済の血液にたとえる比喩《ひゆ》が極めて良く実感できるよなぁ」

大久保は上半身を少しだけ西田のほうに近づけた。

「社長、とんでもないことです。事実、当社に入金されるべき納入業者からの送金が着金しないケースは相当数に上っています。入金遅延に対して、ニッポンフィナンシャルバンクに違約金を請求すべきと考えますが、いかがでしょうか」

大久保は西田の反応をうかがうように上目遣《うわめづか》いで訊《き》いた。

西田は自問自答し、独り言のように呟いた。

「違約金ねぇ。たしかに入金されるべきお金が入っていないのだから、その分我が社が金利負担していることにはなるか。ただ、銀行に損害賠償を請求するのは、少し違和感があるなぁ」

「電力会社やガス会社、カード会社などは、真剣に損害賠償を検討していると聞いております。口座引き落とし処理の確認ができないので、何万件にもおよぶ白紙の領収書を送付せざるをえなくなり、金額が確認できた段階で正規の領収書を再度送付することになるわけですが、東都《とうと》電力だけでも一億円近くのコストが発生するみたいです。当然、ニッポンフィナンシャルバンク側も、『賠償やむなし』という考えだそうです」

これは、ニッポンフィナンシャルバンク新宿南口支店の山田義明からの情報だった。

「そういうことなら、わが社も検討するか。いや、待てよ。わが社はニッポンフィナンシャルバンクとは直接取引していないわけだから、入金遅延に伴う金利負担の賠償請求は、販売先に対してになるなぁ。もちろん、販売先が我が社からの請求をニッポンフィナンシャルバンクにそのまま補塡《ほてん》してもらえるように請求することになるのだろうけど……」

腕組みして上に向けていた西田の視線が、大久保のほうに戻ってきた。

「おっしゃるとおりですね。販売先に請求するとなると、費用対効果を考える必要がございます。金額にもよりますが、昨今の低金利下では大した金額にもならないでしょうし。それで販売先の機嫌を損《そこ》ねるのは考え物ですから」

大久保は上半身を少し後ろに反《そ》らせ、ソファーの背もたれに体重を預けると、思案顔になった。

「まあ、少し様子をみるか。ニッポンフィナンシャルバンクのシステム障害が、いつ完全復旧するかにもよるだろうし」

ニッポンフィナンシャルバンクのシステム障害は、行員の昼夜を問わない涙ぐましい努力によって、終息に向かっていた。四月十五日には東京都職員の給与振り込み十八万件を人海戦術により無事に処理、口座振替のピークとなる月末、四月三十日には一千二百万件の口座振替と振り込みをトラブルなく処理した。休む間もなく、深夜に及ぶオペレーションを続けた行員が、少なからず精神的に追い込まれたことは当然の帰結だ。つまるところ、旧三行上層部の不手際のつけは、末端《まったん》の行員に押し付けられたのだ。

さらに、醜《みにく》いほどの責任の押し付け合いが、金融庁や日銀で演じられた。事前にシステム障害を把握していたことが露呈した金融庁は、ニッポンフィナンシャルバンクに対する態度を一気に硬化させたのだ。金融庁長官の森本昭《もりもとあきら》や金融担当大臣の柳本則夫《やなぎもとのりお》が、ニッポンフィナンシャル経営陣の責任問題に言及、十九日には持ち株会社に対しては日銀が、銀行に対しては金融庁が立ち入り検査を実施することを決定した。さらに柳本大臣は「ニッポンフィナンシャル側から『問題ない』という虚偽の報告を受けた」と発言して厳しく批判した。マスコミの論調がニッポンフィナンシャル批判一辺倒《いっぺんとう》から監督責任側に転じるや否や、自らに降りかかった火の粉《こ》をふり払うのに躍起《やっき》になったのだ。

システム障害が出来した後に立ち入り検査をしても、何の解決にもならないことは明白だ。ただでさえ人海戦術に追われるニッポンフィナンシャルの現場行員に、検査対応の負荷を強要することで、根本的な解決がいっそう遅延する。

そんなことはお構いなしに、自らの保身のためだけに行う金融当局の検査が極めて過酷なものとなったことは、想像に難くない。

本部から何の情報もなく、現場で対応を強いられたニッポンフィナンシャルバンク営業担当者の苦悩苦衷《くちゅう》も筆舌《ひつぜつ》に尽くしがたいものがあった。

新宿南口支店の山田義明は、取引先の財務部長に懇請《こんせい》されて、説明に出向く日々が続いた。本部からは何の説明もないのだから、当然取引先の納得する説明ができるわけもない。

大久保は山田の話に同情し、日本ウェストン社でニッポンフィナンシャルバンク新宿南口支店に預金口座を開設することを社内で諮《はか》った。西田の感触は悪くなかったものの、役員会では「何のために」「必然性が見受けられない」などの反対意見が続出し、一蹴《いっしゅう》されたことは当然の帰結でもあった。

ニッポンフィナンシャルバンクのシステム障害が完全に復旧するのには、更に数ヵ月もの時間を必要とした。

4

壇上の竹井平之助《たけいへいのすけ》は、小太りの体を大仰《おおぎょう》に動かしながら、鋭い視線を聴衆に向けていた。舌足《したた》らずでお世辞《せじ》にも心地の良い話し声とは言い難いが、時の人の発言だけに会場の誰もがその一挙手一投足に注目した。

「金融再生プランの成功なくして、我が国の失われた十年からの復活は、ない、と確信しております」

専門家と称する人間に〝ない〟とくどいほどに断定されると、大抵《たいてい》の人間は盲目的に信じてしまうのだろう。ほとんどの聴衆は無意識に頷いていた。

「金融再生プランが日本を復活に導くことになる。理由は三つあります。一つ。我が国はバブルの後始末に失敗し、銀行には大量の不良資産が隠れている。だから、銀行は本来お金が必要な企業に対して貸し渋りをするのです。銀行に厳格な資産査定を行い、不良債権を抽出《ちゅうしゅつ》することで、銀行を健全な姿に戻すこと無しに、貸し渋りは永遠に無くなりません」

西田は会場の中央、前から三列目の席で、やや上体を斜めにして竹井を凝視《ぎょうし》していた。

『この不況のさなかに厳格な資産査定なんて、正気の沙汰とは思えない』と呟く西田の心を見透《みす》かしたかのように、竹井の口調はさらに熱を帯びてくる。

「もちろん、厳格な資産査定の結果として財務の健全性が大幅に悪化した銀行には、公的資金を注入することになります。これが二つめのポイントです。公的資金の投入は国民負担にもつながるわけですから、当然そのような銀行の経営者には退場してもらう。長い間不良資産を隠して、自らの経営責任を闇《やみ》に葬っていた銀行経営者を退場させることで、金融システムの健全性を担保するのです」

竹井は演台を掌《てのひら》で激しく二度叩いた。

「そして三つめ。銀行の繰《く》り延《の》べ税金資産をグローバルスタンダードに合わせ、収益の一年分に限定するのです。これにより、我が国の銀行はグローバルの銀行と互角《ごかく》に戦える、真《しん》に強い財務体質となるわけです。強い銀行の存在は、強い経済に不可欠ということであります」

全く論理性のない言葉をグダグダ浴びせかけられながら、西田は大きな疑問符に支配されていた。

「この男は信用できない」

これが西田の出した単純明快な結論だ。不景気のさなかに厳格な資産査定を強行したら、それこそ日本の経済はボロボロになるだろう。瀕死《ひんし》の重病人にハードな筋トレを処方するのと、どこが違うのか……。竹井のブレーンと言われる〝村木豪《むらきごう》〟なる日銀出身のコンサルタントも、いい加減にもほどがあると言いたいくらい酷い男だ。


二〇〇二年十二月二十日に開催されたダイヤモンド・ブラザーズ日本法人主催の投資家向けカンファレンスは、大泉内閣の金融担当大臣・竹井平之助の講演を目玉に、新高輪《しんたかなわ》プリンスホテル〝飛天の間《ひてんのま》〟に五百人を超える聴衆を集めていた。竹井は、大泉内閣の第一次改造で経済財政担当大臣に金融担当大臣も兼務することになった。大泉第一次改造内閣が発足したのは、二〇〇二年九月三十日のことだ。

西田は、ダイヤモンド・ブラザーズ日本法人のディレクター大森郁夫《おおもりいくお》の誘いに乗ってカンファレンスに参加した。今や時の人である竹井平之助をひと目見てみたいという下心もあったが、大森の執拗な勧誘に根負けしたというのが本音のところだ。大森にしてみれば、日本ウェストン社の社長をカンファレンスに動員できれば、社内で大いにアピールできるだけに必死になるのも無理のない話だ。

竹井の講演が終わると、立食の懇親会となった。たまたま隣合わせた農業系金融会社の投資担当者と談笑しながら、赤ワインとローストビーフをパクついていた西田の肩を、「本日はありがとうございます」という声と同時に、軽く叩く手があった。振り返ると、満面の笑みを湛《たた》えた大森が立っていた。西田は少し慌てた素振《そぶ》りで、左手に持った皿を円卓の上に置き、赤ワインで口の中のものを喉《のど》の奥に流し込んだ。

「こちらこそ、竹井先生の貴重な話をタダで聞くことができて、ラッキーでした。お礼を言うべきは、当方ですよ」

心にもないことを言っていることを自覚している西田に、大森が追い打ちをかけてきた。

「竹井先生とは、〝肝胆相照《かんたんあいて》らす仲〟ですから、他ならぬ西田社長のご要望とあれば、ご紹介いたしますよ。知り合って損はないと思います。いや、大いにメリットがあるのではないでしょうか」

大森は大真面目《まじめ》に返した。

「それは大変ありがたいお話ですが、子会社社長の分際《ぶんざい》で現役の大臣様とお話しするなど恐れ多いですよ。そもそも、投資家セミナーに参加する資格すらない立場ですからねぇ」

今度は、『大変ありがたいお話』の部分を除いて本音だ。ただし、生理的には虫が好かないと思いながらも、決して興味がないわけではなかった。西田の本心を察しているかどうかは不明ながら、大森は「竹井先生に話をつけてきますよ」と言って強引に話を引き取り、舞台裏に消えて行った。

西田はもやもやした気分でグラスの赤ワインを重ねていたが、そろそろ退散しようと考えていた矢先に、竹井平之助を伴って大森が戻ってきた。竹井は、ダークグレーのスーツに派手なピンクのネクタイを合わせている。講演の時には演壇の上に乗っていたので気付かなかったが、背が低く、童顔の竹井は、学芸会の子供のような風情《ふぜい》だ。

「西田社長、お待たせして申し訳ありません。竹井大臣、こちらは日本ウェストン社の西田社長です」

大森が竹井に向かって西田を紹介すると、西田は左胸の内ポケットから名刺入れを取り出し、竹井に「日本ウェストン社の西田でございます」と言って名刺を差し出した。

竹井は微笑をキープしたまま名刺を受け取ると、「ほー。あのウェストン社日本法人の社長ですか。これは知り合えて光栄です」と、相変わらずの舌足らずで応じた。

「竹井大臣、こちらの西田社長は、数年前まで我がダイヤモンド・ブラザーズの米国本社で、バリバリのインベストメントバンカーとしてならしておいででした。国有化された東長銀《とうちようぎん》のスポンサーとなったアップルツリーのランリネイCOOがダイヤモンド・ブラザーズのパートナーだったころ、西田社長はその右腕とまで言われていたのですよ」

大森が二人の会話に割って入ってきた。大森は西田を持ち上げたつもりだったが、むしろ西田は強い不快感を覚えた。

「バリバリだなんて全くの誇張です。私はダイヤモンド・ブラザーズには約一年しか在籍していません。ミスター・ランリネイのラインに所属してはいましたが、私の存在を認識していたのかどうか……」

西田は大森に向けて渋面《じゆうめん》を作った。

竹井は西田の顔を見上げながら訊いた。

「失礼ながら、西田社長はもともとどちらにいらっしゃったのですか」

「東邦長期信用銀行です」

「そう、西田社長は東長銀でMOF担をなさっていたんでしたね」

またしても、大森が割り込んできた。MOFはミニストリー・オブ・ファイナンスの略語で、大蔵省（現在の財務省）のことだ。護送船団行政下では、監督官庁の大蔵省との良好な関係構築が銀行の最も重要な仕事であり、そのパイプ役となるＭＯＦ担は、エリート中のエリートと言われた。

「ほう、元ＭＯＦ担で、インベストメントバンカーにして、現在は日本ウェストン社の社長ですか。今度ゆっくりお話を伺いたいですねぇ。そうそう、私の名刺をお渡ししておきましょう」

竹井の猫なで声に、西田は背筋がぞくっとなった。

5

「赤坂《あかさか》アークヒルズの車寄せでよろしいですか。それとも全日空《ぜんにっくう》ホテルのほうですか」

新宿住友《すみとも》ビルから乗ったタクシーは、国道二四六号線を右折し六本木通りに入ったところだ。初老の運転手は耳が少し遠いのか、声が大きい。

「はい、アークヒルズの車寄せで結構です」

タクシーから降りると、西田はカシミア製ロングコートのポケットに両手を入れ、足早にエントランスに向かった。二〇〇三年二月十四日午後七時五十分、指定の時間までであと十分ある。日中の気温は十度を超えており二月にしては暖かかったものの、さすがに夜は冷え込む。吐く息の白さに、嫌でも寒さを意識させられた。

三十七階でエレベーターを降りると、間接照明の落ち着いた空間に、案内係の若い男性が「いらっしゃいませ」と静かな口調で迎えた。

「日本ウェストン社の西田です。竹井大臣とお約束で」と返すと、「お待ちしておりました」と笑顔で応じた。夜景の見える八畳ほどの個室に案内されると、竹井はすでに着席してカクテルを飲んでいた。

「西田社長、このような不便なところへお呼びたてし、申し訳ありません。何分《なにぶん》、少し顔が売れているので、あまり賑やかなところは難しいものですから」

竹井は素早《すばや》く立ち上がると、西田に両手を差し出してきた。

「こちらこそ、多忙を極めておられる竹井大臣の貴重なお時間をいただきましたこと、感謝しております。それに、アークヒルズクラブは私のような若造にはあこがれの場所でもございますから、その点も含めまして一昨日お電話をいただいてから、ずっと緊張しておりました」

西田は竹井に合わせて両手を差し出し、握手に応じた。竹井の握力を両手に感じながら、竹井のペースに引き込まれている自分を意識していた。

「ここのビルのオーナー、森山《もりやま》社長とは大変懇意にさせていただいておりますので、分不相応にアークヒルズクラブを使わせてもらっています。西田社長もご希望であれば、いつでも入会の推薦をさせていただきますよ」

二人が着席するとほどなく、先ほどの案内係がゆっくりとしたノックと同時に入ってきた。

「西田社長、食べ物の好き嫌いはありますか。もしよろしければ、私のほうで適当にオーダーさせていただきますが」

「好き嫌いは特にありません。お任せいたします」

「承知しました。それでは、この鮑《あわび》と和牛の鉄板焼きのコースをいただきましょうか。飲み物は、食材に合わせたワインをグラスでお願いします」

オードブルは小エビのカクテル。鰻《うなぎ》の白焼《しらや》きと蝦夷《えぞ》鮑のソテー・肝バターソース添え、サーロイン牛、付け合わせの野菜と続いた。白ワインを二杯、赤ワインを二杯、さらにデザートワインと杯を重ねるが、竹井は金融再生プランについて得意満面に語るばかりで、西田を呼び出した意図については不明のまま二時間が経過した。

食後のコーヒーを注文したところで、竹井は居住《いず》まいを正して切り出した。

「一昨日は突然の電話で失礼いたしました。本日お時間をいただきましたのは、西田社長に折り入ってのお願いがございまして……」

竹井はトレードマークのにやけ顔を珍しく引き締めた。

「折り入って、ですか。私のような者にお役に立てることがありますでしょうか」

西田も背筋を伸ばした。

「先ほどご説明しましたように、『銀行の健全化なくして日本経済の復活はない』ということで、金融再生プランを作成したわけです。これから厳格な資産査定を実施して不良債権を否応《いやおう》なく処理させるのですが、当然、財務体質の弱い銀行は自力で立っていることができなくなります」

西田は黙って相槌《あいづち》を打っていたが、意を決して質問を試みた。

「その厳格な資産査定なのですが、経済がある程度安定していれば竹井大臣のおっしゃるとおりだと思うのですが、今このタイミングでは少し厳しくないでしょうか」

竹井はにわかに厭《いや》な顔になった。

「西田社長も先送り主義ですか。世界を代表するエクセレントカンパニーの日本法人社長が、そのような甘っちょろい考えでよろしいのですか。例えば、御社に不良資産の存在を認識しても、西田社長は景気の回復まで、その不良資産を隠しておきますか」

『一つの会社と国レベルの経済政策は違うのではないか』と思いながら、西田は議論を回避した。

「それは、不良資産を処理しつつ、財務対策、例えば増資などを施すということなのでしょうか」

　竹井はすぐににやけ顔に戻った。

「さすが、西田社長。全くおっしゃるとおりです。我が国の銀行も、不良債権を処理し、一方で傷《いた》んだ財務を補修する必要がある。さらにもう一歩踏み込む必要があると、私は考えています」

「もう一歩踏み込む、ですか」

　西田は首を傾《かし》げた。

「ええ。これまで不良債権を積み上げてきた連中から、経営を一新する必要があると思っています。いくら体をきれいに洗ったところで、頭が腐っていればまた同じことを繰り返すでしょう。それでは、たとえ公的資金を投入しても税金の無駄遣いになってしまう」

　竹井の口調が激しくなってきた。西田は違和感を覚えながらも、タイミングを合わせて首を縦《たて》に動かしていた。

「国民にアピールするという観点からも、象徴的なものが効果的です。そういう意味では、この間大規模なシステム障害を起こして日本中に迷惑をかけたニッポンフィナンシャルバンクを国有化して、経営陣を一新するのが理想的だと思っていたのですが、奴らは何千という数の取引先を巻き込んで、一兆円もの増資を行う奇策を打ち出してきました。中崎《なかざき》とかいう部長クラスの男が考えたらしいのですが。正直言って当てが外れたわけです」

竹井プランによる厳格な資産査定の結果、二兆円を超える赤字が見込まれるニッポンフィナンシャルバンクは、取引先三千社以上から計一兆円の出資を受ける計画を一月二十一日に公表した。企画担当部長の中崎鉄男《てつお》が発案者とされている。

「たしかに、ニッポンフィナンシャルも一兆円の増資が成功すれば、当面はクリアできるでしょうね」

西田は山本大輔の温顔《おんがん》を思い浮かべた。二日酔いで九・一一の同時多発テロを逃れた男だ。ニッポンフィナンシャルバンクのニューヨーク支店に在籍している。

「まあ、致し方ないですかねぇ。そこで、格は少し落ちますが、〝ソラーレ銀行〟を国有化しようと考えております。その折には、西田社長、あなたにソラーレ銀行の頭取に就任していただきたいのです」

6

アークヒルズを出発したタクシーは、五反田《ごたんだ》駅下のガードをくぐり、国道一号線から分岐した中原《なかはら》街道に入った。

午後十時四十五分を少し回っている。タクシーばかりが目立つが、総じて道は空《す》いていた。竹井とのディナーは十時半前にお開きとなった。西田はすれ違う車のヘッドライトや流れる街並みを、ぼーっと眺めていた。頭の中では竹井のにやけ顔と「ソラーレ銀行の頭取に就任して」という言葉を反芻《はんすう》していた。

当然のように、「なんで自分が」と問う西田に対し、竹井は、「失礼ながら、西田社長のことは相応に調べさせていただきました。東長銀でのMOF担としての実績、アップルツリーのランリネイCOOにも裏取りをさせていただきました。そしてウェストン社では米国本社のCFOにも就任されていますね。日本の銀行がこれまでの殻《から》を破るには、西田社長のように日本の金融慣行を熟知したうえで、さらにグローバルスタンダードを理解している方が不可欠なのです。金融以外でのご経験も豊富なことは理想的だと思います」と、竹井らしからぬ真顔《まがお》で応じたのだ。

即答で断るべき申し出とは思いながら、「お話がお話だけに、少しお時間をいただけますか」と応じた自分を、今にしてみると不思議に思う。竹井の話術に酔わされたと思わぬでもないし、『一国の大臣の要請を無下《むげ》に断るのも憚《はばか》られる』、と考えたことも確かだ。それにしても、ソラーレ銀行の頭取に齢《よわい》四十三歳の自分を抜擢《ばってき》しようという竹井の大胆さには、不本意ながら大したものだと思う。

タクシーは中原街道から右折して環状七号線に入った。西田の自宅マンションまであと五分とかからない。「まあ、受ける手はないよな。ようやく金融から足を洗えたのだし、ドナーCEOの恩義を裏切ることができるわけない。適当なタイミングで断りの電話を入れよう」と独りごちたところで、タクシーは自宅の前に停車した。

妻の綾子も長男で二歳の雄介も起きていて玄関で西田を迎えた。

「おかえりなさい。雄介はあなたとお風呂に入りたいと言って、寝ないで待っていたのよ」

綾子と雄介の笑顔に向かい「そうか、それは嬉しいねぇ。よし、雄介、すぐにお風呂に入ろうな」と西田は笑顔で返した。

風呂から上がり、三百五十ミリリットルの缶ビールを冷蔵庫から取り出すと、バスタオルを首にかけた格好でごくごくと喉を鳴らした。ふーっと息を吐いていると、綾子が「そんなに慌ててビールを飲むことないでしょう。まずは寝間着《ねまき》をきちんと着てください」と命じた。缶ビールをリビングルームのローテーブルの上に置くと、西田は無言で頭を掻《か》く素振りをしながら寝室に消えた。

パジャマに着替え、ソファーに座って残りのビールを飲んでいると、綾子も缶ビールを持ってきて、西田の隣に座った。

「雄介はパパが大好きなのね。私が何度言い聞かせても、『パパとお風呂に入る』の一点張りで。もう少し早く帰ってきてもらえるといいのだけど、アメリカとの連絡もあるでしょうから、なかなか難しいわね」

綾子は缶ビールを口に運んだ。

「今日は夜の席があって遅くなったけど、そもそも区役所の公務員のように早く帰るのは難しいなぁ。いくらなんでも、雄介には、週末の楽しみにしてもらうように、僕から言ってみるよ。二歳児が十一時過ぎまで起きているのは問題だろう」

「そうね。パパの言うことなら聞くかもしれないから、お願いします。来年には幼稚園に行くのだし、生活のリズムを朝方《あさがた》にしていかないとねぇ」

綾子はあっという間に缶ビールを空にした。西田の缶ビールはまだ半分ほど残っている。

「僕はワインをずいぶん飲んできたので、もういいや。よかったら君にあげるよ」と言って西田は缶ビールを綾子に手渡した。

「あら、それなら勿体《もったい》ないからいただこうかしら」と言って、綾子はあっという間に残りのビールを飲み干した。

「話は変わるけど、また銀行に転職するとしたら、君はどう思う」

西田はローテーブルの上に置いてあった夕刊を手にとりながら訊いた。

綾子の表情が変わった。

「そんなお話があるのですか。私は反対です。ミスター・ドナーへの恩義を思えば、どんなにいい条件のお話であっても断るべきです」

綾子の反応に気圧《けお》されたのか、西田は「例えばの話だよ。そんなことあるわけないだろう」と言って、夕刊を開いた。当然、新聞記事の内容は全く頭に入ってはこない。竹井平之助のにやけ顔を、またしても目に浮かべていた。

「いや、それはない」と独りごちた。西田は頭を左右に振ると、「もう寝るよ」と言って、歯磨きをしに洗面所に向かった。

7

断ることは決めていたが、竹井に連絡を入れる決心がつかないまま、十日が経過した。二〇〇三年二月二十四日の月曜日は、朝から雨模様の寒い日だった。予報では一日中雨で最高気温は五度。天候同様に西田の心中も、もやもやが継続していた。

午前九時きっかりに、竹井平之助から電話が入った。

秘書の杉山恵梨果に竹井からの電話を告げられると、西田は思わず「あっ、しまった」と声をもらした。

「西田社長、おはようございます。そろそろ決断していただけるころかと思い、ずうずうしくも電話をさせていただきました。人間、歳を取ると気が短くなっていけませんね」

いつもの舌足らずの声が耳に響く。

「竹井大臣、長いことお待たせしまして、大変申し訳ありませんでした。大変魅力的なオファーを頂戴しながら、私のような小物には少し荷が勝ちすぎているとの思いをなかなか払拭《ふっしょく》できずに、今日まで決心できずにおりました」

西田は、そう言いながら何と言って断ろうかと思案した。

「西田社長ほどの方が何をおっしゃいますか。もっとも、有能な人間ほど自身には厳しいものですからねぇ。そうそう、例のソラーレ銀行なんですが、分割合併の手法を使って埼玉の銀行とその他を分離するようです。自己資本の嵩上《かさあ》げを狙った小賢《こざか》しい動きですよ。もう詰んでいるのに、空《むな》しい努力としか言いようがありません。私もニッポンフィナンシャルの時と同じ過《あやま》ちは繰り返しません」

竹井の言葉に力がこもる。

「詰んでいる、とはどういうことでしょうか」

西田は竹井の発言の意図が呑み込めない。竹井は銀行を追い詰め、国有化させることを目的としているのではないか、とも感じる。

「そう、詰んでいるのです。監査法人にきちんと因果を含めておりまして、繰り延べ税金資産を五年分認めさせないことで握れました。繰り延べ税金資産については、村木豪君のアイディアで米国並みに、中核的自己資本の一〇パーセント以内に限定しようとしていたのですが、銀行の無能な経営者に加え、金融当局や何も知らない政治家連中たちに、よってたかって反対されたものですから、いったん矛《ほこ》を収めた形にしました。ただ、ルール自体を変えられなくても、個別の運用でどうとでもなりますから」

繰り延べ税金資産とは、一九九九年に導入された税効果会計に基づく会計処理で、将来発生すると予想される収益を前提に、有税償却した税金分を、資産に計上しておくというものだ。当該資産計上の分だけ、自己資本は嵩上げされることになる。無税償却が認められない我が国においては、不良債権処理を前向きに実施させる効果がある。

西田は、竹井の言わんとしていることの輪郭《りんかく》を理解した。

「そういたしますと、ソラーレ銀行は繰り延べ税金資産の計上を認められず、通常なら不良債権処理の約六〇パーセントだけ自己資本を減らすところですが、不良債権処理の全額分、自己資本を毀損《きそん》するということですか」

「さすが、西田社長は鋭い。ダイヤモンド・ブラザーズで鍛えられた人は違いますね。ただ、全く繰り延べ税金資産を認めないと、債務超過になってしまうので、ちょっと問題なんですよ。いくらなんでもソラーレ銀行の株を紙屑《かみくず》にしてしまったら、株式市場がもたないですから」

　経営不振に陥った金融機関への対応に関し、預金保険法第百二条の第一号では資産超過の金融機関に対する公的資金による資本増強、第三号では債務超過銀行の一時国有化が定められている。第三号の場合、既存株式は無価値となる。

「ソラーレ銀行は国内基準行ですから、自己資本比率は四パーセント以上必要。つまり、竹井大臣は、四パーセント以下、ゼロパーセント以上となるように、繰り延べ税金資産をコントロールするということをおっしゃっているのですか」

　西田は、そう言いながら怒りが込み上げてくるのを意識した。いくらなんでも恣意《しい》的すぎるのではないか。

「鋭い。やはり私の目に狂いはなかった。新生ソラーレの頭取は西田社長しか考えられません。ぜひともお受けいただきたい」

　竹井に切り込まれて、西田は受話器を耳に当てながら体をのけ反らせた。一方で、『この話に乗っかる可能性は皆無だ』、との思いを一層《いっそう》強くした。

　ソラーレ銀行に公的資金を注入する必要性を感じないし、ましてや繰り延べ税金資産をコントロールするような政治的な動きに与《くみ》するなど、言語道断《ごんごどうだん》ではないか。銀行には多くの従業員がいて、その家族がいる。銀行の向こうには、無数の取引先があり、それぞれ従業員がいて、その家族がいる。それら全ての人々が、竹井平之助のおならない』

もちゃにされようとしているのだ。

『この話は、酷すぎる。阻止はできなくても、片棒を担《かつ》ぐのだけは勘弁願わなくてはならない』

西田は、言葉を選ばずに、ストレートに断る決意を固めた。

「竹井大臣、大変申し訳ありませんが、この話をお受けすることはできません。私は、金融業界からすでに足を洗った人間です。ウェストン社に拾ってもらった恩義もあります。そして何より、竹井大臣のお考えには共感できません。個人的には、金融再生プランについても、賛成いたしかねます。ソラーレ銀行を追い込むような狙いに加担するわけには参りません」

西田が話し終わると、沈黙の時間が流れた。たったの三十秒程度であろうか。その短い時間が西田にはやけに永く感じられた。

「そうですか。西田社長、どうもあなたを買い被《かぶ》っていたようです。もう少し賢い人物だと思っていたのですが、お眼鏡《めがね》違いだったようですね。くれぐれも、私の話したことを口外することがないように。失礼」

刺々《とげとげ》しい口調で、竹井は一方的に電話を切った。西田は、受話器を置くと、「ふーっ」と深く息を吐《つ》いた。後味は極めて悪かったものの、時の人、世間注目の大臣を怒らせたことになんら後悔の念はなかった。

8

ソラーレ銀行は、五月十七日土曜日、政府に対して預金保険法第百二条第一項第一号に基づく資本注入を申請した。ソラーレ銀行の監査を担当する大日本監査法人が、繰り延べ税金資産を予想収益の三年分しか認可しなかったことから、自己資本比率が二パーセントまで低下、国内基準行の四パーセントを下回ったためである。

政府と日銀は直《ただ》ちに金融危機対応会議を開催し、ソラーレ銀行に公的資金注入を決定している。会議後に竹井平之助経済財政・金融担当大臣は記者会見で、公的資金注入の目的を「金融から経済の底割れが発生することを未然に防止するため」と述べた。

西田は会見の様子をテレビニュースで観るにつけ、竹井のしたり顔に不快な思いを増幅《ぞうふく》させた。まさにシナリオどおりの出来《でき》レースを完成させた男の表情である。

五月十七日の公的資金注入決定に至る過程で、合併前のソラーレ銀行を共同で監査していた毎日監査法人が、繰り延べ税金資産をめぐって監査法人を降りる事態となるなど、混迷を極めていた。長年ソラーレ銀行の監査を担当してきた会計士が自殺するという、尋常ならざる状況も出来した。

ソラーレ銀行には二兆円近い公的資金が注入された。株式市場は、竹井プランの断行による『大手銀行といえども市場からの退出もありうる』とする〝ハードランディング〟路線の変節、既存株主の責任を問わない〝ソフトランディング〟路線への転換と捉え、反転上昇した。

一方、ソラーレ銀行の株価は、公的資金注入決定後初日となる五月十九日に額面割れの四十八円まで下落した。しかし、翌日には反転上昇している。この過程では、外資系ヘッジファンドが底値で大量のソラーレ銀行株を購入していたことが後に判明、竹井平之助との癒着《ゆちゃく》、そしてインサイダー疑惑が根強く噂されもした。

ソラーレ銀行の新頭取には、JR東西《とうざい》の元副社長、大谷喜一《おおたにきいち》が就任した。大谷は同友会副幹事を務めていた縁で、財界重鎮の馬尾一郎《うまおいちろう》から白羽《しらは》の矢《や》をたてられたのだ。「鉄道マンに銀行頭取が務まるはずがない」との外野の声がある中で、大谷は「銀行の常識は世間の非常識」と行員のマインドリセットを敢行、銀行業はサービス業と再定義して、当時としては珍しい数々のアイディアを具現化していった。

また、メガバンクとは異なる国内リテール専業の大手金融機関という立ち位置を明確化し、独自のビジネスモデルを確立した。

その後、日本経済は円安をベースとした外需依存ではあるものの、回復基調を歩み、ソラーレ銀行も堅実な業績を積み上げた。国内に特化することで、米国発のサブプライムローン問題にも無縁で、大谷頭取はソラーレ銀行復活の立役者との評価を不動のものとする。

ただし、大谷が銀行業について全くの素人であったことは否《いな》めず、大口融資案件では自身の判断を留保して、現場を混乱させる事態が続出した。叩き上げ副頭取の岩村《いわむら》均《ひとし》は、全ての責任は副頭取をトップとするクレジットコミッティが負い、大谷頭取は個別案件には一切関与しない仕組みとすることを提案、大谷は即刻岩村案を了承した。じつのところ、この岩村案により、組織がようやく機能するようになったのだ。

大谷頭取の評価は、マスメディアが伝える既存の金融慣行に風穴《かざあな》を開けた改革者にしてカリスマ性に満ちた経営トップ像と、ソラーレ銀行内部における実務能力ゼロの異端《いたん》トップ像とで、真二つに分かれた。

ソラーレ銀行の復活劇は、そのまま日本の金融界そして日本経済の回復とタイミングを一《いつ》にする。大泉・竹井ラインはそれを自らの金融再生プランの成果と吹聴《ふいちょう》するが、実態は全く異なっていた。日本経済は、日銀による金融緩和を契機とする円安の進行により、輸出主導で回復基調を辿《たど》ったに過ぎない。

仮に厳格な資産査定により貸し渋りが解消し、日本経済が復活したというのであれば、金融機関の貸出金は増加しているはずである。しかし、二〇〇三年以降も金融機関の貸出金は横這《よこば》い、乃至《ないし》若干の減少が継続していた。

また、二〇〇四年、二〇〇五年と大手金融機関が多額の引当金戻《ひきあてきん》り入れ益を計上したことは、厳格な資産査定の敗北を意味する。引き当ててから、わずか一年、二年で戻り入れ益を計上するということは、引き当てたこと自体が不当であったことの証左《しょうさ》以外のなにものでもないからだ。

いずれにしても、竹井平之助の自作自演に翻弄《ほんろう》された日本経済は、米国発のサブプライムローン問題、そしてリーマン・ショックで再び試練の時を迎えることになる。二〇〇三年以降も厳格な資産査定は継続された。それどころか、厳格な資産査定を敢行するとして検査官を大幅に増員した金融庁は、現場の暴走が止められなくなっていた。

従前《じゅうぜん》から不良債権を作るための資産査定という風評はあったものの、景気回復とともに、いよいよ重箱の隅《すみ》をつつくような査定が横行した。言いがかりのような資産査定に、銀行は二〇一三年までつきあわされることになる。

外需中心の景気回復が本格軌道に乗るべき時期に、金融庁の資産査定が阻害要因となり続けたことは重要な意味を持つ。このタイミングで本来蓄積されるべきであった景気回復の果実を日本経済が取り切れなかったことは、その後、リーマン・ショック、東日本大震災による経済低迷と試練が続く中で、不況耐久力という点で、極めて大きなマイナスであったと指摘されても仕方なかった。

第五章　破滅への疾走

1

「おう、小野《おの》。久しぶり」

自動ドアが開いて、小野俊夫《としお》が店内に顔を覗《のぞ》かせた。L字型のカウンター左奥に座っていた西田健雄《にしだけんゆう》は、懐かしい小野の笑顔を確認すると右手を上げながら立ち上がった。

西田はすでに上着を脱いで、白いボタンダウンシャツ姿になっていた。第一ボタンを外し、ネクタイも存分に緩んでいる。小野はダークグレーの背広を小脇に抱えていた。

「上着をお預かりしましょうか」と、白い割烹《かっぽう》着姿の品の良い女性店員に訊《き》かれて、小野は「ありがとうございます」と応じながら、上着を差し出した。

「小野、奥に座ってよ。約束どおり、今日はこっちでやらせてもらうから」

「同期でそれはないだろう。割り勘で頼むよ」

「会社の予算を使えるから都合がいいんだよ」

ＪＲ新橋《しんばし》駅日比谷《ひびや》口から徒歩五分ほど、路地裏にある〝第三春美《はるみ》鮨《すし》〟は知る人ぞ知る名店だ。二階建ての店舗《てんぽ》で、一階はカウンターに九席、階段下の狭いスペースに四人掛けのテーブル席が一つある。幅の狭い急階段を上がると、二階には八人まで入れる個室が一つあった。

「そういうことなら、ご馳走《ちそう》になるよ。持つべきは、出世した友達だな」

小野はブルーのワイシャツを腕まくりしながら、おどけた口調で返した。

小野は、西田と東邦《とうほう》長期信用銀行の同期入社だ。東長銀は国有化を経《へ》て、わずか十億円でアップルツリーに売却された。小野は企画担当として東長銀に骨を埋める覚悟で最後までがんばっていたが、〝進駐軍〟アップルツリーの横暴に嫌気がさし、二〇〇〇年四月に退職、総合商社五井《いつい》物産のロンドン現地法人に転職した。しかし、向こう見ずな商社気質に馴染《なじ》めず、三年前から米系最大手の格付機関、ファンダーズ日本法人に勤務している。

西田が乾杯の生ビールを二つ注文するのを横目に、小野はカウンターに置かれているB５判の紙に気づいた。手書きの文字がびっしり書かれている。

小野は見開きのメニューを広げてから、小さな声で文字を読み上げた。

「平成二十年七月十七日。本日の魚と産地。本鮪《ほんまぐろ》の成熟期……シビマグロ……絶滅危惧種……大トロ……中トロ……赤身……一本釣。熟成五日目……百八十四キログラム。津軽《つがる》海峡……青森《あおもり》県。これは、今日のネタですか」

「そうです。毎日、私がこのネタ表を作っています」

カウンター越しに、清潔そうな白衣を着た店主の長山一夫《ながやまかずお》が笑顔で応じた。銀縁《ぎんぶち》メガネの奥の涼やかな目が印象的だ。

「これはすごい。どこで獲《と》れたかだけではなくて、漁法まで書いてある」

小野の視線がネタ表の上を彷徨《さまよ》っていた。

「小野、下の段の左の方を見てみろよ。ワサビは内閣総理大臣賞だ。田代耕一《たしろこういち》という人が御殿場《ごてんば》で栽培したとあるぞ」

「本当だ。醤油や塩、酢、ガリまで書いてあるな。このネタ表の上についている星と丸はどういう意味かなぁ」

「ああ、下の段に書いてある。星印は注目の魚、丸は旬《しゅん》の魚だ」

細めのグラスに注《つ》がれた生ビールと、お通しの小鉢《こばち》が運ばれてきた。二人はグラスを同時に右手で持ち上げた。

「何に乾杯するか。西健の社長就任かな」

「六年以上前の話でピンとこないねぇ。何でも構わんが、久し振りの再会でいいだろう。僕がシカゴに行く前だから、八年ぶりかな……」

二人は軽くグラスを触れ合わせると、喉《のど》をごくごくと鳴らした。テーブルに戻したグラスは、ビールが半分も残っていなかった。

「ふー。美味《うま》い。ビールはやっぱり最初の一口目が最高だな」

お通しの霜降りのカキはほとんど生の食感だ。

「だいたい、ロンドンから三年も前に戻っていたのなら、もっと早く連絡してこいよ。水臭いにもほどがあるぞ」

「おいおい、それはこちらのセリフだろう。シカゴから六年以上前に日本に戻っていたうえに、日本法人の社長に出世していたことを連絡もせずに……」

小野が右肘《みぎひじ》で西田を強めにつついた。

西田はあえて軽い口調で切り出した。

「それにしても、アメリカは大変なことになってきたなぁ。ブルー・スターの救済でアメリカ政府のスタンスもはっきりしたし、サブプライム問題も一段落するかと思っていたが、ちょっと甘かったな。ファニーメイ（連邦住宅抵当公社）とフレディマック（連邦住宅貸付抵当公社）が破綻の危機とはねぇ」

「ああ。この二社は民営でありながら暗黙の政府保証と言われていたが、本当の政府管轄《かんかつ》下入りになるんだろうなぁ。昨日、一昨日の議会証言で、ＦＲＢ（米国連邦準備制度理事会）のバロック議長とフォームズ財務長官が両社救済の必要性を強調したらしい。両社とも実質債務超過と言われていたから、時間の問題だった、ということなんだろうが。実際にその時を迎えると、いよいよ来るところまで来たという感じだな」

ファニーメイは一九三八年に設立された政府系の特殊法人で、主に銀行から住宅ローンを買い取ることで不動産融資を促進し、米国民の住宅保有を支援することを目的としていた。世界恐慌後にマイホーム促進という国策を担ったのだ。買い取った住宅ローン債権を小口証券化し、元利払いの保証付きで販売することもある。一九六八年に民営化され、その株式をニューヨーク証券取引所に上場した。

一九七〇年設立のフレディマックもファニーメイと同じ役割を担っており、両社の発行する債券は、政府機関債と見做《みな》され、国債に次ぐ信用力を誇っていた。格付機関も両社にトリプルＡの最高格付を付与していた。

それが、低所得者向けの住宅ローンを支援するという本来の目的を大きく踏み外し、住宅ローン金融会社、いわばシャドーバンキングから大量のローン債権を買い取るという、投資銀行と同じ穴のムジナになっていた。

ファニーメイとフレディマックが保有、もしくは保証する住宅ローンの残高は、五兆二千億ドルに上り、これは自己資本の六十五倍にも達していた。一年前には七十ドルをつけていたファニーメイの株価は、七月十四日には十二ドル強、そして十五日には六ドル強にまで下落するに至っていた。フォームズ財務長官は「両社の債務を全額政府保証するべき」と主張したのだ。

2

イカ、ヒラメ、鯵《あじ》、鮪、鮑《あわび》と豪勢な刺身の盛り合わせがテーブルに並んだ。鮪は見事な中トロと赤身だ。西田はぬる燗《かん》の日本酒を注文した。日本酒は愛媛《えひめ》県の〝梅錦《うめにしき》〟の一銘柄しか置いていない。ぬる燗は主人のお薦《すす》めだ。

「この中トロは絶品だな。口がとろけそうだ。もう死んでもいい気分だよ」

小野は、冗談ともなく言った。

「中トロ好きとは、小野もまだまだ若いな。俺はむしろこちらの赤身のほうがしっくりくる。いずれにしても、旨《うま》い魚を食べていると、本当に日本人に生まれて良かったと思うよ。留学も含めてアメリカには七、八年住んだが、とにかく食べ物が美味くない。向こうでは、〝旨い店〟と〝量の多い店〟が同義語だからなぁ」

西田は赤身を箸《はし》でつまみながら応えた。

「美味《おい》しいものを食べている時、人間は自然と笑顔になるものだ」

「小野は他人事のように言っているが、サブプライムローンの問題は、格付機関の問題でもあるだろう。お前ら格付機関は主犯の一人じゃあないのか」

笑顔の西田に突然切り込まれて、小野はぬる燗の酒を吹き出しそうになった。

小野は米系格付機関のファンダーズ日本法人で、ストラクチャード・ファイナンス部門責任者のポストに就《つ》いていた。

「西健、藪《やぶ》から棒に何だよ。主犯っておまえ、人聞きの悪ぃ」

「なんだ。小野は自覚がないのか。謙虚な小野にしては珍しいじゃないか。サブプライムローン関連のRMBS（住宅ローン担保証券）やCDO（債務担保証券）にトリプルAの格付を乱発してお墨付きを与え、投資家を騙《だま》した挙句《あげく》に、一夜にしてジャンクまで格下げしたのは、どこのどいつだ」

西田は眉《まゆ》をひそめた顔を左隣に向けると、険のある顔で言い放った。一瞬前の笑顔が嘘のようだ。ジャンクとは信用リスクが高い債券のことで、格付け符号が〝ダブルB〟以下のものを指す。

「そうは言うが、格付けには一定のロジックがあって、それに忠実に従っているに過ぎない。特にストラクチャード・ファイナンスの格付けは、純粋な確率論に尽きると言っても過言ではない」

小野は右手に持った猪口《ちょこ》を見つめながら、独り言のように呟《つぶや》いた。

「確率論で、信用力の低い人間が対象のサブプライム住宅ローンを束ねたRMBSがトリプルAになるかねぇ」

西田の口調はさらにきつくなる。

小野の口調もつられるように、トゲトゲしくなっていた。

「確率計算の前提はトラッキング、つまり過去の実績だ。信用力の低い人間が対象だろうと信用力の高い人間が対象だろうと、過去のデフォルト実績から計算することに相違はない」

「その結果が、金融大混乱だ。三月には伝統のある投資銀行、ブルー・スターが実質破綻した。お前らはデフォルトが始まってから大慌てで格付けを下げて無罪放免を決め込むつもりだろうが、本当に責任を逃れられると思っているのか。住宅金融会社のセールスマンは、ほとんど無収入の人間にも、平気で貸し込んでいるっていう話だぞ。何でも、アメリカの中西部では、年収二十万ドルのバス運転手が大量に発生しているという、笑い話にもならないような話も聞いたよ。あくまでも書類の上での話だけどな。最初からデフォルト前提としか思えない」

「RMBSは何千、何万という住宅ローンが束《たば》になっている。CDOに至っては、複数のRMBSがさらに切り刻まれているんだ。一つ一つのローンをチェックできるわけがないだろう。大数の法則でデフォルトする確率を計算する以外に、現実的な格付けの方法はない」

小野は珍しくムキになっていた。どちらかと言えば、相手が興奮しているほど冷静に対応するタイプなのに。

「いくら大数の法則とは言っても、根源的な仕組みのチェックは格付機関の責務ではないのかなぁ。住宅ローン会社のモラルハザードは酷《ひど》いらしいぞ」

小野の反応に気圧《けお》されたのか、西田は口調を和《やわ》らげた。

二人の会話が落ち着いてきたタイミングを見計らって、主人《あるじ》の長山は「そろそろ握りましょうか」と訊いた。西田は「お願いします」と小声で応え、小野は黙って頷《うなず》いた。

長山は「それでは、美味しそうなところを握っていきます」と言ってネタの並んでいるショーケースを真剣な眼差《まなざ》しで見つめた。

天然の車エビ、縞鯵《しまあじ》、サバ、イカ、大トロ、真鯵《まあじ》、ウニ、いくら。次から次へと新鮮な握り寿司がカウンターに出された。ぬる燗と握りがほどよく腹に納まったところで、西田が話を蒸し返した。

「格付機関は、ここ数年間、ストラクチャード・ファイナンスの格付けで、ずいぶんと稼いだと聞いている。そもそも、投資家の指標となるべき格付けの費用を、債券の発行側が負担しているということ自体、歪《ゆが》んでるよなぁ」

小野は苦い表情で聞き流した。

「俺もシカゴではＣＦＯとして格付機関のアナリストとやらに、ずいぶんと生意気なことを言われたけど、根本的に解っていないというか知識不足だと思う。一生懸命説明するのが空《むな》しくなることも多々あったよ」

　小野は、深いため息を吐《つ》いた。

「西健の言うことはごもっともだよ。俺たち格付機関には鼻持ちならない輩《やから》が、うじょうじょいる。だいたい、格付機関に何がわかると思う。所詮《しょせん》、にわか勉強仕立ての評論家で、会社のことを経営者以上に理解しているはずもない。格付けはあくまでも第三者の参考意見なんだよ。それなのに、いつの間にか投資家にお墨付きを与える立場に祭り上げられ、アナリストもちやほやされているうちに、自分の能力を過信するようになる」

　前を向いたまま訥々《とつとつ》と話す小野の横顔を、西田は無言で見つめた。

「サブプライムRMBSやCDOの格付けだって、理論的には正しいはずなんだ。ただ、その前提条件として、貸し手が正しく与信判断をしていなければならない。西健がさっき言ったけど、貸し手の住宅金融会社が証券化を前提にモラルハザードを起こすことは、格付け符号に織り込まれていない。それでも、世の中の仕組みとして、投資家へのお墨付きを与える立場になっている自覚があれば、大数の法則に胡坐《あぐら》をかくことなく、おおもとの仕組みをきちんと把握すべきなんだ。ただ、組織はそんなに簡単ではないけど」

小野は猪口の酒を一気に呷《あお》ると、徳利《とつくり》から手酌《てじやく》でぬる燗を注いだ。

「小野、何かあったのか」

「いや、何もない……。本当のところは二年前にアメリカの本社に向けて、サブプライムローンRMBSの格付けについて意見を言ったことはある。まあ、全く相手にされなかったよ。向こうのボードメンバーにとっては、サブプライム関連商品はドル箱だから、余計なことは言うな、ということだろう」

西田は左手でそっと小野の肩に触れながら「小野、悪かった。お前を一番よく理解しているはずだったのに……」と言って、深々と頭を下げた。

3

西田健雄と小野俊夫の再会から十二時間後、ニューヨークのマンハッタン、セントラルパークの東南にある〝プラザホテル〟のスイートルームには、ダイニングテーブルを挟《はさ》んで向かい合う二人の男がいた。一人は米国財務長官のジャック・フォームズであり、もう一人はダイヤモンド・ブラザーズCEOのジョエル・ランリネイだ。

「ダイヤモンド・ブラザーズCEOの先輩にして、アメリカ合衆国の金融を司《つかさど》るミスター・フォームズと、こうして二人だけでお食事ができますことは、私にとって何よりの誇りであります。本日はお時間を賜《たまわ》り、衷心《ちゅうしん》より感謝申し上げます」

ランリネイの芝居がかったセリフに、フォームズは表情一つ動かさなかった。

ジャック・フォームズは国防総省からダイヤモンド・ブラザーズに転職、投資銀行部門で名を馳せ、一九九八年にCEOに就任した。二〇〇四年、財務長官就任のためにCEOを辞任するまで、ウォール街の頂点に君臨していたといっても過言ではない。

ランリネイはフォームズからダイヤモンド・ブラザーズCEOのバトンを引き継いだことになる。フォームズは大学時代にアメリカンフットボールの全米代表にも選出されており、スポーツマンとしても知られていた。

「ミスター・ランリネイ、こちらこそ超多忙なダイヤモンド・ブラザーズCEOを呼び出して、申し訳ない限りだ」

言葉とは裏腹に無表情のまま、フォームズは大ぶりなワイングラスを左手で持ち、ガーネット色の液体を口に運んだ。十人は優に座れるマホガニーのダイニングテーブルには、ニューヨークカットのサーロインステーキ、レッドロブスターのチーズグラタン、シーザーサラダが並べられた。赤ワインは、一九九八年もののオーパスワンだ。

「大変勿体《もったい》ないお言葉です。フォームズ長官と比較しましたら、私などは暇人《ひまじん》の部類でございます。お呼び立ていただきましたら、いついかなる時でも、馳せ参じさせていただきます」

ランリネイは、さらに大仰《おおぎょう》な口調で続けた。

「ところで、お聞きおよびとは存じますが、先日、ニューヨーク連銀のウイリアム総裁からブルー・スターの買収を打診されました折には、即答できず申し訳ございませんでした。一瞬考えて、お受けしようと思った矢先に、ウイリアム総裁のほうから断られてしまいまして……。取り付く島もないくらいの勢いで電話を切られてしまいました。今となっては一瞬の躊躇《ちゅうちょ》を大変後悔しております」

フォームズは微《かす》かに表情を動かした。

「そんなことがあったのか。あのタイミングでは政府から投資銀行に直接資金を注入する方法がなく、モレガン銀行に頭を下げたが……。ダイヤモンド・ブラザーズにも打診していたというのは初耳だな」

ランリネイは『財務長官が知らないはずがないだろう』と思いながらも、「そうでしたか。余計なことを申し上げました。ご放念ください」と応え、気まずそうに頭を下げた。

「まあ、今のダイヤモンド・ブラザーズにそんな余裕はないだろうな」

〝今の〟という表現がランリネイの癇《かん》に障《さわ》った。

「そのようなことはございません。私も微力ながら弊社の成長に貢献していると自負しております。必要とあらば、マーケットで〝ブルー・スター〟の次と噂されている〝リーマン・ブラザーズ〟を買収することも選択肢にございます」

微笑《ほほえ》みを浮かべたまま、しれっと大胆な発言をするランリネイに、フォームズは厳しい表情を向けた。

「ミスター・ランリネイ。そのような戯言《たわごと》を言っている場合とは思えないな。ダイヤモンド・ブラザーズは私の古巣でもあるのだから、きちんと独り立ちしてもらわないと困る」

さすがのランリネイも表情を変えた。

「フォームズ長官。お言葉ですが、我が社の経営は万全です。何ら懸念材料はございません。サブプライムローンでは若干の授業料を払いましたが、オイルマネーやジャパンマネーで十分に補塡《ほてん》できております。繰り返しになりますが、ダイヤモンド・ブラザーズの経営には、一点の曇りもございません」

ランリネイの勢いを軽くいなすように、フォームズは再び無表情に戻ると、サーロインステーキをゆっくりとした動作で一口サイズにカットし、口に運んだ。

「サブプライムローンのRMBSやCDOだけでなく、CMBSも相当な勢いで積み増ししていると聞いているがね」

フォームズは穏やかなもの言いに戻った。

ＣＭＢＳとは商業不動産向けの債権を証券化したものだ。ＲＭＢＳが住宅ローンなので、不動産のカテゴリーが異なることから、格付機関でもＣＭＢＳとＲＭＢＳは異なるリスクという判断がなされている。

「ＣＭＢＳはサブプライム関連とはリスクが明確に異なります。私はフォームズＣＥＯの路線を頑《かたく》なに継承し、あらゆる収益機会を求めながら、きちんとリスク分散を行っております」

ランリネイは努めて冷静さを保とうとしているが、顔には朱《しゅ》がさしており、動揺の色は隠せなかった。

「もし仮に、合衆国の不動産が、日本のバブル崩壊時と同様に総崩れになるとどうなるのかね。商業不動産への投資は、本当にサブプライムローンのヘッジになっていると言えるのか」

「…………」

「さらに言えば、私の理解では……、投資銀行の矜持《きょうじ》として、〝スキームの組成者に徹するべき〟と記憶している。ところが、最近のダイヤモンド・ブラザーズは、強欲にもＲＭＢＳやＣＤＯの深いリスクを、自らテイクしているのではなかったかな」

サーロインステーキをナイフで切りながら、上目遣《うわめづか》いにランリネイを見つめるフォームズの視線は、全く感情のない冷たいものだった。

「それでは、フォームズ長官はいったいどうしろとおっしゃりたいのですか」

開き直ったランリネイの問いかけに、フォームズは間髪《かんはつ》を入れずに応じた。

「悪いことは言わない。ひとまず撤退することだ。ダイヤモンド・ブラザーズはウォール街の繁栄、いや合衆国繁栄の象徴だ。ブルー・スターとはわけが違う。たとえ座礁《ざしょう》したとしても、沈没することがあってはならない」

ランリネイは言葉を失った。スイートルームのダイニングには、ナイフと陶器の皿が触れ合うカチャカチャした音だけが響いていた。フォームズの冷徹な声が沈黙を破った。

「ブルー・スターは合衆国政府が救済したが、次はないと思ったほうがいい。自力で引き返せるタイミングを逃したら、それまでだ。肝《きも》に銘じておいてほしい」

4

全米第四位の投資銀行〝リーマン・ブラザーズ〟が最後の時を迎えようとしていた。

サブプライム関連に傾注することで投資銀行の頂点を目指したリチャード・ファル

ドCEO、ジョセフ・グレゴリー社長のコンビは、破滅への疾走を緩めることを一切《いっさい》拒絶していた。

マンハッタンにある本社ビルの三十一階に引《ひ》き籠《こも》った二人には、市場の変調どころか、目の前に迫った大津波さえも目に入らなかった。

もちろん、リーマン・ブラザーズの内部にも、サブプライム関連商品やCMBSのリスクを指摘し、方向転換を主張する良識派幹部は多く存在した。しかし、その誰もが、下の意見を全く無視してリスク商品の積み上げに猛進するツートップに絶望し、泥船から逃げ出す以外に方法がないことを悟《さと》るだけだった。

歴史にイフは禁句だが、もし仮に違う判断をリーマン・ブラザーズのツートップが下していたら……、という場面は枚挙《まいきょ》に暇《いとま》がない。その中でも特に大きな分岐点が、韓国の特殊銀行、韓国発展銀行による買収オファーがあげられよう。韓国発展銀行は一年以上前から買収提案をしていたが、ファルドCEOは何ら関心を示さなかった。さらにブルー・スターが破綻した後にも、韓国発展銀行は再度のオファーを提示、そして八月下旬には韓国金融委員会からもリーマン・ブラザーズへの関心表明がなされていた。

九月三日には韓国発展銀行から出資の表明がなされたが、この期《ご》に及んでファルドCEOは売却価格に拘泥《こうでい》する失態を演じ、九月十日には出資協議の打ち切りが表明された。株式市場から最後の砦《とりで》と見なされていた白馬の騎士も、ついには関心を喪失することとなったのだ。

もう一つのイフに、ファルドCEOとフォームズ財務長官との人間関係がある。この二人に最低限の信頼関係が残されていれば、リーマン・ブラザーズだけが米国政府から見放される事態とはならなかったのではないか。

ブルー・スター破綻時に、市場の原則だけに任せず、政府としてサポートしたことへの反省がフォームズ長官にあったのかもしれない。しかし、金融市場を熟知したフォームズなら、リーマン・ブラザーズ破綻の影響を軽視するとは考えにくい。そこには、ファルドCEOに対する個人的な、しかも極めて強い嫌悪感が存したと思わずにはいられない。

二〇〇八年九月七日、ファニーメイとフレディマックの国有化をフォームズ財務長官は決断した。九月十日にはリーマン・ブラザーズのファルドCEOが、不動産関連の債権をバランスシートから外す計画を公表するが、時すでに遅く、市場からの評価は何ら得られないまま破綻は秒読みとなっていた。

九月十二日にはイースト・アメリカ・バンクとの合併を画策するも頓挫《とんざ》、九月十三日の土曜日には一縷《いちる》の望みを託した英国の商業銀行・バロック銀行との買収交渉に臨んだが、英国の金融当局からの認可が得られずに破談となった。

この間、フォームズ財務長官は、リーマン・ブラザーズへの支援を一切行わなかった。バロック銀行との買収交渉で、英国金融当局に対して米国政府としてのサポート姿勢さえ提示できていれば、負債総額六千億ドルというアメリカ史上最大の企業破産にして、金融史上最大の惨劇とさえ言われる事態を回避できたかもしれないのに、である。

二〇〇八年九月十五日午前二時、リーマン・ブラザーズはチャプター・イレブンの申請を行った。フォームズ財務長官は、ホワイトハウスで記者会見を行い、米国の金融システムは安全であることを強調した。そして、フォームズが仲立ちしたと言われているイースト・アメリカ・バンクと米国第三位の投資銀行〝メロン・リッチ〟の経営統合が公表される。

リーマン・ブラザーズを見捨てて、メロン・リッチを救済する真意が定かでないこともあり、市場関係者で財務長官の発言を真《ま》に受ける者は皆無に等しかった。

後に〝リーマン・ショック〟と呼ばれる歴史的な大事件が勃発した九月十五日以降、世界中の金融市場はメルトダウンを起こすことになる。ニューヨーク・ダウは、同日五百四ドル安と、ブラックマンデーに次ぐ下落幅を記録し、連休明け十六日の東京市場では、日経平均が六百五円安の暴落となった。

十六日のニューヨークでは、世界最大の保険会社ＵＩＧの株価が六〇パーセント安という大暴落に見舞われる。ＵＩＧはＣＤＳ（クレジット・デフォルト・スワップ）市場で、リスクの受け手として圧倒的な存在感を誇っていた。そして、〝倒産するはずのない〟リーマン・ブラザーズのＣＤＳを、大量に引き受けていたのだ。〝倒産するはずがない〟とＵＩＧが判断するのには一理ある。リーマン・ブラザーズの格付けは、倒産するまでトリプルＡだったからだ。

米国政府は世界最大の保険会社を瞬《また》く間《たま》に国有化し、八百五十億ドルの担保融資枠の設定を公表するなど、金融機関の連鎖倒産を防衛するのに躍起《やっき》となった。もし仮にＵＩＧが経営破綻となれば、ＵＩＧが保有するＣＤＳが履行不能となり、金融市場は息の根を止められる可能性があった。

また、ＵＩＧが保険会社としての機能を喪失すれば、アメリカ国民に直接被害が及ぶ可能性があることも、政府を救済に動かした大きな要因と言える。

さらに、ＦＲＢは九月二十一日、ダイヤモンド・ブラザーズおよびシルバー・フォックスの二社が、銀行持株会社に転換するとの申請に対し、承認プロセスが完了したことを公表した。銀行持株会社となれば、ＦＤＩＣ（連邦預金保険公社）のセーフティーネットに組み込まれることになり、流動性リスクが減少するからだ。一方で、銀行に課される自己資本規制を遵守する必要が生じ、高いレバレッジを利かせた投資銀行業務の継続は困難となる。投資銀行としての本業を放棄する形となっても、会社として生き残ることを選択したとも言える。いずれにしろ、リーマン・ショックの発生から一週間で、米国からウォール街の象徴、〝巨大投資銀行〟が消失したのだ。

5

「支店長もお忙しいでしょうから、単刀直入にお伺いします。弊社として借入可能な金額のご融資をお願いしたいのです。借入期間は長いほどありがたく存じます」

光陵《こうりょう》ＪＦＧ銀行新宿《しんじゅく》西口支店の支店長応接室のソファーで、日本ウェストン社社長の西田健雄と支店長の加納正人《かのうまさと》は向かい合って座っていた。西田の突然の申し出に、加納はトレードマークともいえるギョロ目を、さらに見開いた。

「えっ、それはいったいどういう意味ですか」

あまりの驚きに、加納はわが耳を疑った。

「特別な意味はございません。シンプルにご融資のお願いということですが」

「シンプルとおっしゃいますが、借入可能な金額を、というご融資を御社のような優良企業から受けるのは、正直申し上げますが、銀行員生活で初めてでございます」

加納は努めて冷静に話そうと試みたが、どうしても口調は上ずってしまう。西田は

『直截的《ちょくせつ》過ぎたか』と少しく後悔した。

「それは申し訳ありません。私も少し慌《あわ》てておりまして。いつもご懇意《こんい》にさせていただいている加納支店長なので、本当のところを申し上げます。私はリーマン・ブラザーズの破綻と、その後の米国市場の混乱を、危機的な状況と考えております」

「はあ。それはおっしゃるとおりですが。ただ、サブプライムローン問題のころのように対岸の火事と高《たか》を括《くく》るつもりはありませんが、日本への影響が危機的となるかについては議論があるとは思いますよ」

加納は訝《いぶ》かし気《げ》な表情で、西田を覗う。

「そこがポイントです。恐らく、日本の金融市場にも相応の影響はあるでしょうが、日本の金融機関には膨大《ぼうだい》な個人預金という流動性の供給源がありますので、資金が目《め》詰《づ》まりするリスクはそれほど高くないと思います。ただ、直接調達市場（社債市場）が一時停止状況となると、名だたる大企業が銀行の前に列を作る可能性がある。そうなってしまうと、当社のような外資系企業が融資をお願いしても、なかなか対応していただくことは難しいと思うのです。ですから、そうなる前にできるだけ前倒しで、融資をしていただきたいのです。資金使途は、米国本社の運転資金を想定していま す」

加納は西田の熱弁に、たじたじとなった。かろうじて「つ、つまり、親子ローンの逆、子親ローンとでもいうのでしょうか」と、声を絞り出すのが精一杯だった。

「子親ローンとは上手《うま》い言い方ですね。本来であれば、親会社の資金調達力に全く懸念はないのですが、この一瞬に限って申し上げれば、日本ウェストン社のほうが資金調達しやすいと感じるのです。米国の金融市場が機能不全に陥ることは、究極のテールリスクですから」

テールリスクとは、発生する確率は極めて低いが、発生してしまうと甚大な損失を生じさせるものを言い、〝ブラックスワン〟とも表現される。

「西田社長のおっしゃることは、何となく理解できてきました。ただ、〝借入可能な金額を〟というリクエストは、さすがに難しいかと存じます。むしろ、ミニマムの金額というか、そんな少額なら借りても無駄とお考えになる水準をご教示いただけませんでしょうか」

加納のギョロ目が、拝むような上目遣いで西田を見入った。

「そうですねぇ。ミニマムということであれば、五百億円程度でしょうか。場合によっては、三百億円でも本社は了解するかもしれません」

西田は天井に視線をそらしながら、さらっとした口調で返した。加納は「ご、五百億」と呻《うめ》いた。数秒の沈黙の後、意を決したかのように加納は身を乗り出した。

「少々お時間を下さい。五日、いや三日間で結構です。何とか本部を説き伏せたいと思います」

「今日は十八日ですから、三日後ということだと、えーっと、二十三日が祭日ですから、二十四日ということですね。承知しました。朗報を期待しております」

西田はワイシャツの胸ポケットから取り出した手帳をぱらぱらと捲《めく》りながら、淡々と応じた。加納は引《ひ》き攣《つ》った顔のまま、ごくりと唾《つば》を呑み込み、小さく頷いた。

西田をエレベーターホールまで見送ると、加納は腕時計を見た。十一時を五分過ぎたところだ。

「時間がない。直訴《じきそ》しかないか……」

加納は自席に戻ると、総務兼秘書担当の女性に向かって「審査担当の村山《むらやま》副頭取と至急話がしたい。できれば今日中。遅くとも明日の午前中で。十五分でいいから時間が取れないか、副頭取の秘書に電話して予定を聞いて」と告げた。

加納は祈るような気持ちだった。支店長室のデスクで決裁書類を気もそぞろに眺めているが、内容は全く頭に入ってこなかった。二十分後にデスクの電話が鳴った。

「明日の朝、七時半から二十分ほど、村山副頭取の時間を確保できるということですが、いかがいたしましょうか」

「そうか、それはでかした。明日の七時半だな。わかった。あっ、それから、営業課の西沢《にしざわ》課長がいたら、至急来るように言って」

加納は受話器を置くと、「よし」と呟きながら両手の拳《こぶし》を握り、ガッツポーズをした。

二〇〇八年九月十九日は朝から雨模様だった。気温が高く蒸し暑い。普段《ふだん》であれば最寄《もよ》り駅の東西《とうざい》線西葛西《にしかさい》駅までの五分の道のりにげんなりするところだが、加納は起床時からずっとハイテンションだ。昨日の午後からずっと胸の高揚は続いている。

昨日は午後の予定を全てキャンセルして、日本ウェストン社への五百億円の融資案件の準備に費やした。営業課の西沢課長とその部下二人を動員して案件説明資料が整った時には、午後十時を回っていた。

「支店長、そんな重要書類を持ち出してよろしいのですか」

銀行の規則上は西沢の言うことが正しい。「この緊急事態に何バカなことを言っているんだ」

西葛西駅で東西線に乗り込んだ。まだ時間が早いこともあり、座席が確保できたのはラッキーだ。大手町《おおてまち》駅に到着するまでの十五分が、案件説明の段取りや、昨日の出来事を反芻《はんすう》している間に、あっという間に経過した。

そういえば西沢の奴、『こんな案件、本当にやるんですか』、なんてぬかしていたな。財閥銀行出身者はこれだから駄目なんだ。と独りごちているところで、東西線大手町駅に到着したことを告げるアナウンス音が耳に飛び込んできて、加納は我に返った。

東西線の大手町駅から東京駅丸《とうきょうえきまる》の内南口《うち》にある光陵ＪＦＧ銀行本店までは、早歩きでも五分以上はかかる。加納は七時二十分に役員フロア待合室に到着した。首筋《くびすじ》には汗がにじんでいた。

五分後に副頭取の個室に案内されると、村山副頭取はにこやかに加納を招き入れ、ソファーを勧めた。二十畳ほどのスペースに広々とした両袖の執務机とソファーセットが並んでいる。執務机の上には、書類が山積みになっていた。

村山は、身長こそ低いが、真っ黒に日焼けした精悍《せいかん》な顔、がっしりした体躯《たいく》が印象深い。

「加納君、久しぶりだな。相変わらずバリバリやっているそうじゃないか」

加納がかしこまって座っている対面に、村山はどっかりと腰を下ろした。

「バリバリだなんて、滅相もございません。何とか頸《くび》にならないよう、喰らいついている有様《ありさま》でして」

加納の力強い目は言葉とは裏腹に、村山の視線をしっかりと捉えている。

「そんなに謙遜《けんそん》するな。たしか、昨年度も日本ウェストン社の案件で、頭取表彰されていたよなぁ。銀座《ぎんざ》支店長のころ、おまえにはずいぶんと助けられたよ。あのころは、営業現場に活気があったな。もっとも、ＪＦＧ銀行の前、協立銀行《きょうりつ》のころだがな」

村山は遠くを見るような眼をしていた。

「その日本ウェストン社についてご相談がございます。こちらの資料についてご説明させて下さい」

加納はソファーから立ち上がると、クリップ止めされた厚手の資料を一式、村山に手渡した。

「ほう、またしても日本ウェストン社で一旗上げようというのか。短期間に大した食い込みようだな。さすが加納だ」

村山は穏やかな表情でクリップを外し、資料をパラパラと数枚捲った。見出しに〝案件概要〟と書かれたページで村山の手がとまると、にわかに表情が厳しくなった。

「五年の長期貸し出しで、五百億円だって。半年前に百億円融資したばかりじゃあないか。ちょっとやり過ぎだろう」

加納は意を決したように身を乗り出した。

「当該案件の概略をご説明させていただきます。日本ウェストン社および親会社の米国ウェストン社についてはご存じのとおりです」

村山は厳しい表情のまま、無言で小さく頷いた。

「三ページ目にございますように、業績は堅調、財務体質も極めて良好でございます。五ページ目をご覧ください。資金使途でございます。経常運転資金と記載しておりますが、実際のところは米国ウェストン社へのローン、親子ローンならぬ子親ローンとでも申しましょうか」

村山は首を傾《かし》げた。

「子親ローンはいいけど、アメリカのウェストン本社も業績は堅調なんだろう。大きな設備投資でもあるのか。それにしたって、現預金は十分の水準じゃないか。資金調達が必要とも思えない」

「おっしゃるとおりです。日本ウェストン社の西田社長からは、リーマン・ショックによる米国金融市場への影響がどこまで深刻なものになるか見通せない中、少しでも早く、日本での資金調達を行いたいということです」

加納は、ここを先途《せんど》と捲《まく》し立《た》てるように説明を続けたが、村山の表情は緩まなかった。

「私は、日本ウェストン社の西田社長に心酔しております。子会社の社長という立場ながら、グローバル企業であるウェストン社全体を正確に把握し、そして金融市場に対する見識にも感服させられます。慧眼《けいがん》と申しましょうか」

「その西田社長はどんな経歴の人物なんだ」

村山は資料から目を離し、強い視線を返した。

「資料の最後に西田社長の経歴がございます。もともと、東長銀出身で、ＭＯＦ担もされたそうです。ダイヤモンド・ブラザーズを経て日本ウェストン社に入られました。米国本社のＣＦＯを経て、二〇〇二年から日本ウェストン社の社長をされております」

村山は視線を資料に戻すと、しばらく無言で活字を目で追った。

「ふーん。東長銀のＭＯＦ担ねえ。言われて見れば、なかなかの人物のようにも見えるなぁ。それにしても、ずいぶんと忙しい経歴だなぁ。ここ数年は落ち着いているようだが。国有化された東長銀を逃げ出すのはわかるが、何か性格に問題があるんじゃないか」

加納のギョロ目がかっと見開かれた。

「村山副頭取にも、一度お引き合わせさせていただきたいと存じます。なかなかの人物と拝察いたします」

「ふーん。加納がそこまで言うのだから、そうなんだろうな。ただ、この案件は簡単じゃないぞ。支店長の立場では知りようがないと思うが、今、かなり巨額の投資案件が当行内で検討されている。その投資案件が実現すると、相当なリスクアセットを使うから、銀行全体が〝打ち方止《や》め〟になる可能性すらある」

　加納は何のことか思案をめぐらせたが、思い当たるふしはなかった。しかし、村山の表情は、ただならぬ気配を感じさせた。

「いずれにしろ、永山《ながやま》頭取に相談するから、ちょっと待ってくれるか」

「承知しました。西田社長には二十四日までに感触をお伝えすることになっております。申し訳ございませんが、よろしくお願いいたします」

「二十四日って、おまえ、こんなデカい案件を……。仕様《しよう》がないなぁ。加納らしいと言えばそれまでだが」

　村山は眉をひそめた。加納は「よろしくお願いします」と念を押して、最敬礼した。

6

　広い応接室で、日本ウェストン社社長の西田健雄は、光陵ＪＦＧ銀行頭取の永山克《かつ》幸《ゆき》と対峙《たいじ》していた。場所は丸の内にある光陵ＪＦＧ銀行本店の九階、頭取応接室だ。九月二十四日午後五時を回っていた。

　融資の可否を回答する約束の日、光陵ＪＦＧ銀行新宿西口支店長の加納から、朝一番で西田宛《あ》てに、「至急永山頭取と面談してほしい」との依頼を受けたのだ。

永山は、太い眉毛と切れ長の鋭い目が特徴的だ。色白な丸顔で相手を油断させるが、なかなかの曲者《くせもの》に見える。

「お忙しい西田社長を突然お呼び立てしましたご無礼を、何卒《なにとぞ》お許しください。お話がお話だけに、一刻も早くと思いまして」

永山がいきなり本題に入る。

「こちらこそ、無理なお願いをいたしまして、恐縮でございます。さらに頭取にまでお気にかけていただきましたこと、身のすくむ思いでおります」

西田は少し上ずり気味に返した。

「五百億円の融資につきましては、承知いたしました。実行させていただきます」

永山の単刀直入な物言いに、西田は面食らった。

「え、本当ですか。あ、ありがとうございます。このような短時間にご承諾いただきましたこと、何とお礼を申し上げてよいか、わかりません」

永山はブラックコーヒーの入ったカップをゆっくりとした動作で口に運んだ。そして、カップをソーサーに戻すと、「ところで……」と切り出した。

「西田社長を見込んで、お願いがございます」

西田は永山につられて口に運んだコーヒーカップを慌ててソーサーに戻した。永山の表情は動かない。

「お願い、ですか。私にできることでしょうか」

「西田社長にしかできないことかもしれません。一昨日の夜に公表しましたのでご存じだと思いますが、弊行はアメリカの投資銀行、ダイヤモンド・ブラザーズへの出資を検討しております。アメリカ政府からの依頼でもございまして、無下《むげ》に断るわけにも参りません。最大で一兆円弱ほどの投資になると思います」

西田は予想だにしない突然の話に〝ごくっ〟と唾を呑み込んだ。永山は相変わらず眉一つ動かさない。光陵ＪＦＧ銀行がダイヤモンド・ブラザーズに一兆円出資するという話を知らない経済人は、一人もいないだろう。

「しかし、弊行にはダイヤモンド・ブラザーズと正面から対峙できる人材がおりません。そこで、西田社長。できましたら、あなたに弊行に来ていただきたいのです」

西田は永山の顔をまじまじと見つめながら、脇の下に汗が滲《にじ》むのを意識した。

「申し訳ありません。永山頭取。おっしゃることの意味が分かりかねます」

西田が何とか言葉を押し出すと、永山は、「特別に深い意味はございません。光陵ＪＦＧ銀行のボードメンバーになっていただき、ダイヤモンド・ブラザーズ出資案件の責任者としてご協力いただきたいのです」

数十秒の沈黙が流れた後、西田が我に返ったように言った。

「失礼ながら、本音のお話とは思えません。永山頭取とは、今日初めてお目にかかります。それがいきなり、ボードメンバーに入れというのは、常識では考えられません。それに私はこれでもウェストン本社のボードメンバーです。いくらなんでも冗談が過ぎるのではないでしょうか」

西田は感情を出さないように、細心の注意を払ったつもりだ。永山の表情がぴくりと動いた。

「申し訳ありません。非礼はお詫《わ》びいたします。ただ、冗談でこのようなことを申し上げるつもりはございません。いたって真剣なオファーをさせていただいております」

何とか気を取り直そうと、西田がコーヒーカップに手を伸ばしたところで、ノックの音と共にドアが開き、緑茶を二つお盆に載せた若い女性秘書が入ってきた。秘書が退室するまでの間、西田は必死に思案をめぐらせた。『永山の真意はどこにあるのか。突然の融資要請をしてきた自分を試しているのか』。

「なぜ、私なのでしょうか。貴行には優秀な人材がたくさんいらっしゃるでしょうし、きちんとしたＦＡ（フィナンシャル・アドバイザー）を雇えばよろしいのではないですか」

少し間が空いたことで、西田はいくぶんか冷静さを取り戻せたような気がしていた。

「もちろん、ＦＡは雇いますよ。系列の光陵証券でもいいし、丸野《まるの》証券でもいい。ただ、弊行の一員として、弊行自らのこととして動いてもらえる人材が必要なのです。残念ながら、アメリカの巨大投資銀行と真正面から対峙できる人材は、光陵ＪＦＧ銀行には一人もいません」

にわかに、永山の口調に熱がこもってきた。

「それにしたって、私ではない。そんな大役を務められる力量はとても持ち合わせておりません。そもそも、こんな非常識な話は聞いたことがございません」

西田は永山に押されていることを意識して、あえてくだけた口調で返した。

「おっしゃるとおりです。私もこのような非常識なことをお願いするのは、生まれて初めてです。ただ、今現在、世界の金融市場は、空前絶後、未曾有《みぞう》の混乱状況にあります。だいたい、アメリカ政府が一兆円も出資しろと言ってくること自体が、尋常ではありません。このような時に常識にこだわっていては、大きな間違いをしでかすような気がしてしょうがないのです」

永山はわずかに上半身を西田のほうに寄せてきた。

「未曾有の事態は理解します。しかし、なぜ私なのでしょうか」

西田も永山のほうに顔を近づけた。

「失礼ながら、西田社長のことは、いろいろと調べさせていただきました。東長銀で

ＭＯＦ担をされていたこと、ダイヤモンド・ブラザーズの本社でＭ＆Ａを担当されていたこと。そしてウェストン本社でＳＭＤ（シニア・マネージング・ディレクター）やＣＦＯを歴任されたことも。ダイヤモンド・ブラザーズでは、現ＣＥＯのミスター・ランリネイのもとにいらしたこともです。しかし、これらの経歴よりも、私を今回の考えに至らしめた最大の理由は、西田社長からいただいた、今回の融資要請です」

「………」

「西田社長は、日本にいながら、アメリカ発の金融パニックを的確に分析され、今後起こりうるアメリカ本社の資金繰り難を予見し、対応策を準備されている。しかも、日米金融市場を熟知され、今回の日本現法での借り入れ要請を選択された。日本全体が、リーマン・ショックに至っても、いまだ対岸の火事として認識し、不安には思っても具体的な行動に移そうとしない中で……、その行動力、洞察力には感嘆させられました。この人になら託せる、そう思ったのです」

永山は、さらに上半身を西田のほうに〝ぐいっ〟と寄せた。西田は永山の勢いに圧倒されて、視線をテーブルの上にある湯呑茶碗のほうに逸らせた。

「永山頭取にそこまで買い被《かぶ》っていただいたことは、身に余る光栄としか申し上げようがないのですが、なにぶん想定外のお話ですので、とても意思表示をできる状況ではありません。日本法人とはいえ、私も社長の端《はし》くれにありますので、それ相応の責任もございます。今日のところは、何も伺っていないということにさせていただきたく、お願いいたします」

この場を何とか収めようという西田の魂胆《こんたん》を見透かしてか、永山が畳み掛けてきた。

「おっしゃることは理解しますが、事態は急を要します。西田社長が弊行に急遽《きゆうきよ》融資要請をなさったのと同様です。この場ですぐに回答しろと申し上げることはしませんが、聞かなかったことにされては困ります。是非とも持ち帰って、ご検討をお願いいたします。この案件には、光陵ＪＦＧの将来、いや我が国の金融業界の将来がかかっている、そのように考えております」

7

光陵ＪＦＧ銀行からの帰路、西田の心は千々《ちぢ》に乱れていた。五年前に、竹井平之助《たけいへいのすけ》からソラーレ銀行の頭取に担《かつ》がれそうになったことも思い出される。今回のオファーは、あの時以上に現実味のない話だろう。それでも、心の奥底で、何かが蠢《うごめ》いているのを西田は否定できなかった。

西田はワイシャツの胸ポケットから携帯電話を取り出した。

「六時半過ぎか。いずれにしても、五百億円の借り入れの件は、ドナーに伝えておいたほうがいいな。杉山《すぎやま》さん、まだ会社にいるかな」と呟きながら、会社の電話番号を呼び出した。

「西田社長、お疲れ様です」

運よく、杉山恵梨果《えりか》は在席していた。

「杉山さんこそ、遅くまでお疲れ様。今日は宴席もないので直接帰宅します。遅くに申し訳ないのですが、二点ほどお願いできますか」

「もちろんです。私も本日は予定がございませんので、残業は問題ありません」

恵梨果の明るい声には、いつも励まされたような気分になる。

「ありがとう。まず、シカゴ本社のドナー社長の明日二十五日および明後日二十六日の予定を確認して下さい。それから、明日のシカゴ便を至急押さえてほしい。もちろん、ドナー社長が全く不在ということであれば航空券は不要になるけど、ドナー社長の予定がわかるのは早くても九時半過ぎだろうから、まずは航空券を手配してもらったほうがいいかな。ビジネスクラスが空いていなければ、エコノミーでも構いません」

「了解しました。ただ、ビジネスクラスが一杯でしたらファーストだと思いますけど。西田社長がエコノミーはありえません」

杉山恵梨果から西田の携帯にコールバックが入ったのは、夜九時五十分過ぎだ。西田は目黒区南《めぐろみなみ》の自宅マンションで荷造りの最中だった。

「西田社長、ご連絡が遅くなり申し訳ありません。明日のシカゴ便が取れました。成田《なりた》を午前十一時十分発のＪＡＷ便です。シカゴ着は同じ日の朝八時五十五分、もちろんビジネスを確保しました。航空券は成田のＪＡＷのカウンターで受け取れるように手配してあります。それからドナーＣＥＯの予定ですが、ランチタイムが空いているので、西田社長とご一緒したいということでした。こちらも押さえております」

「ありがとう。急な仕事を遅くまでお願いして申し訳ない。明日は直接空港に向かうので、これまた申し訳ないけれど、予定を全てキャンセルしておいてください」

「承知しました。週末も含めて今週の予定はすべてキャンセルいたします。お戻りの航空券は、シカゴを二十七日土曜日のお昼発で押さえておきましたが、変更が必要であればお申し付けください」

理由も告げずに急な依頼をしたにもかかわらず、恵梨果の対応は完璧だった。

西田は携帯電話をダイニングテーブルの上に置くと、荷造りを再開した。もちろん、綾子《あやこ》にはシカゴで急な会議が入ったとしか言っていない。相談すれば四の五の言われることはわかっている。

『光陵ＪＦＧの話は、飛行機の中でゆっくり考えよう。まあ、考えるまでもないか』

荷造りを終えて「ふーっ」と息を吐きながら後ろを振り返ると、綾子が右手にパスポート、左手に缶ビールを持って立っていた。

「はい、パスポート。急な出張で大変ねぇ。ビールはシャワーの後にする？」

西田は綾子の顔を見ると、なぜだか胸がどきっとした。本当の理由を告げずに旅立つことの負い目からだろうか。


シカゴまでの旅路で、もやもやした気分が晴れることは一瞬たりともなかった。

『光陵ＪＦＧ銀行・永山頭取からのオファーを受けることはありえない。ウェストン社のＣＥＯチャーリー・ドナーに拾ってもらった恩義は何よりも大きい。五百億円の借り入れについての報告だけであれば、そもそも電話で十分だったのではないか。冷静に考えれば、わざわざドナーに直接会いに行く必要はない』

さまざまな思いが、胸の中で交差する。

結局、十二時間のフライトで、西田は一睡もできなかった。食事に合わせてシャンパン、白ワイン、赤ワイン、更に日本酒と相当量のアルコールを摂取したものの、終《つい》ぞ眠気は襲ってこなかった。

西田を乗せたＪＡＷ便は、予定どおり九月二十五日のシカゴ現地時間で朝九時過ぎ、オヘア国際空港に到着した。入国審査に若干《じゃっかん》手間取ったものの、十一時三十分にはウェストン社シカゴ本社ビルに到着した。エントランスでは、ジョージ・シュワルツが迎えてくれた。

「お帰りなさい、ミスター・ニシダ。機中は快適でしたか」

「ジョージ、久しぶりだな。それが珍しく、一睡もできなくてねえ。どちらかというと、どこでも眠れるタイプなんだけど。ちょっと考え事をしていたら、いろいろなことが気になってきて、今ごろになって欠伸《あくび》がとまらないよ」

西田は両手を広げて困惑顔を作った。

「それはいけません。ドナーCEOとのランチまで少し時間がありますから、応接室で横になってください」

シュワルツは西田を応接室の方向に案内しようと肩に軽く手を添えた。

「あ、いや、中途半端に眠るとそのまま落ちそうだから、社内を少し回ってくるよ」

西田は旧知の顔を部屋の隅《すみ》に見つけて、左手を上げ、近づいていった。

8

ウェストン社CEOのチャーリー・ドナーと日本ウェストン社社長の西田健雄は、

シカゴ本社の社長応接室、会議用のハイテーブルで向かい合っていた。テーブルの上にはクラブハウスサンドとコーンスープ、サラダ、そしてホットコーヒーが並んでいる。窓の外にはシカゴ中心部の高層ビル群が一望できた。

「ケン、長旅で疲れているだろう。もう少しましなランチを食べる時間があればよかったのだが」

ドナーは申し訳なさそうに肩をすくめた。

「とんでもない。超多忙な方に急遽お時間を作っていただけただけで、ラッキーだと思っております。それに、東京からシカゴまで、よく眠れなかったもので、機内で散々飲み食いしておりまして。正直申し上げますと、少々胃もたれしております」

西田はテーブルに両手の指先を軽くつきながら、お辞儀《じぎ》の恰好《かっこう》をした。

「そうか。ケンが飛行機で眠れないとは、珍しいな。そういうことなら、無理に食べることはない。適当に残していいぞ」

ドナーは相好《そうごう》を崩しながら続けた。

「それにしても、何かあったのか。ケンが飛んで来るぐらいだから、相当な問題が発生しているのだろう。正直言うと、私も昨日は胸騒ぎがして、なかなか寝つけなかった」

軽くウィンクをしているドナーの顔を覗き込みながら、西田は自分の心臓が高鳴るのを意識した。

「問題が発生した、ということではございません。世界の金融市場が非常事態となっておりますゆえ、私の考えている財務戦略をドナーCEOに直接ご説明しておいたほうがよいと思ったものですから。ご心配をおかけしたとすれば、本当に申し訳ございませんでした」

ドナーはクラブハウスサンドにかぶりつき、口をもごもごさせながら、「ああ、そうか。それはぜひ聞かせてもらいたい」と返した。西田は高ぶる気持ちを落ち着かせようと、コーヒーカップに手を伸ばし、ひと呼吸置いた。

「ご存じのように、現在、世界中の金融市場は機能不全となっております。世界各国の中央銀行が多額の流動性を注ぎ、名だたる金融機関を実質国有化することで、なんとか決壊することを食い止めている状態です。そして、世界を席巻《せっけん》したアメリカ合衆国の巨大投資銀行は、実質消失してしまいました」

ドナーは大きく二度、三度と頷いた。

「何より、この状態がいつまで続くのか、いつになったら収束するのか、全く予想がつきません。こういう事態になりますと、どの企業も資金の確保に奔走するため、必要な時に資金の確保ができなくなるリスクが、極めて高いと思っております」

「我が社の財務は、今のところ大過《たいか》ないと報告を受けている。日本法人も同じだろう」

「はい。現状は全く問題ありません。ただ、申し上げましたとおり、いつまで金融市場の機能不全が続くのか、わからないところが問題だと思っております。一方で、日本の銀行は潤沢な個人預金を保有しており、サブプライムローン問題での損失も限定的なため、比較すればまだ余裕があるほうだと思います。そこで、日本の光陵ＪＦＧ銀行から五億ドルほど、長期の借り入れを行い、資金を確保しておこうと考えております。すぐには必要ない資金を借りることでもありますので、直接ミスター・ドナーにご説明に参った次第です」

西田の話が途切れると、ドナーは口の前で浮かせていたコーヒーカップに口をつけ、ソーサーに戻した。

「ケンの言うとおり、今の金融市場は底なし沼に見える。こういう時には不要不急ではあっても資金を確保しておくべき、という考えも、そのとおりだと思う。ただ、ＣＦＯのベンモッシュは『財務には何ら問題ない』としか言ってこない。やっぱり金融市場を熟知しているケンならではの発想なんだろうなぁ」

ベンモッシュはウェストン社の財務・経理畑のたたき上げで、西田の後任として二〇〇二年二月にＣＦＯに就任していた。鼻の下に髭《ひげ》をたくわえ、銀髪《ぎんぱつ》の紳士然とした風貌をしている。悪く言えば真面目《まじめ》なだけが取り柄《とえ》とも言える男だ。

「私が少し心配性なのかもしれません。ただ、こういうパニック時には、多少のコストには目を瞑《つむ》ってでも、安全を確保すべきだと思うのです。光陵ＪＦＧ銀行には、場合によってはアメリカの本社で使うことも想定している資金だと申し上げ、借り入れの申し込みをしております。ショート・ノーティスで申し訳ありませんが、ご承諾をお願いいたします」

西田は深々と頭を下げた。ドナーは西田の頭部を見つめながら、小さな声で呟いた。

「さすがだ。やっぱりケンは超一流のインベストメントバンカーだな」

〝インベストメントバンカー〟という言葉に触れて、西田の心臓が再び高鳴った。

第六章　対決

1

「ところで。ケン、他にも言いたいことがあるんじゃないのか」

ドナーの思いがけない言葉に、西田健雄《にしだけんゆう》は胸がドキッとした。一瞬目が合うも、西田はすぐに視線を窓外に逸《そ》らした。

「いえ、本日直接お話ししたかったのは、五億ドルの借り入れを実行したい、ということだけです」

西田はなおも視線を窓外へ向けていた。

「そうか、それならば私のほうから話そう。じつは財務長官のジャック・フォームズから昨日電話があった。用件は至ってシンプルなことだ。ケンを日本のメガバンク、光陵《こうりょう》ＪＦＧ銀行に譲ってほしい、ということだ」

西田はあまりの衝撃に「ええっ、な、なんですって……」と上ずった声を発した。

「いくらフォームズ長官の依頼でも、ケンを譲るわけにはいかない。ケンは、現在日本ウェストン社の社長、そして将来的には私の後任としてウェストン本社のＣＥＯになってもらいたい人材だと説明して、電話を切ろうとしたのだが……」

西田は無言でドナーの顔を凝視《ぎょうし》していた。

「フォームズ長官は、『アメリカの危機を救うためには、どうしてもミスター・ニシダに光陵ＪＦＧに行ってもらう必要があるんだ』、と言って、引かないのだよ」

「ど、どうして、わ、私が光陵ＪＦＧ銀行に行くと、アメリカが、救われるのでしょうか」

西田は絞り出すような声で訊《き》いた。動揺を隠しきれないのも、致《いた》しかたない。

「ダイヤモンド・ブラザーズは光陵ＪＦＧ銀行に九十億ドル（一ドル＝百六円換算で九千五百四十億円）の出資を要請しているらしい。光陵ＪＦＧからの出資なくしては存続できないところまで追い詰められている、ということなのだろう。合衆国政府としても、ジャパンマネーが得られることはウェルカムだから、全面的に後押ししているわけだ」

「はぁ……」

西田には、光陵ＪＦＧ銀行によるダイヤモンド・ブラザーズへの出資と、フォームズ財務長官が自分を指名しているということが、結びつかなかった。

「光陵ＪＦＧ銀行から合衆国政府に対して、出資する条件の一つとして、ケン、君を光陵ＪＦＧのメンバーに迎え入れ、そしてダイヤモンド・ブラザーズへの交渉の責任者に据えることが提示された、というわけだ」

「ええっ！」というめき声を発しながら、西田の頭に光陵ＪＦＧ永山《ながやま》頭取の色白の丸顔が目に浮かんだ。

「私なんかをスカウトするのに、まさかアメリカ政府を使うなんて……」

西田は呟《つぶや》いてから続けた。

「そ、それで、ミスター・ドナーはフォームズ長官に、何とお答えしたのですか」

ドナーはゆっくりと首を横に振りながら応えた。

「『国家の危機を救うため』と言われたら、いくら私でも断れないだろう。もちろん、『ケンの意思は尊重せざるをえない』、とは言ってある。そして、もし仮にケンがこの話を受けるとしても、金融危機が収束したら、いずれはウェストン社に戻ってきてもらうという条件付きだ」

西田は両手を太ももに押し当て、頭を垂れて黙っていた。ドナーは西田のほうをじっと見つめている。沈黙は三分ほど続いた。

西田は、光陵ＪＦＧの永山頭取にスカウトの話をされた時から、もやもやしたものがくすぶっているように感じていた。そして、そのもやもやの意味を、漸《よう》く理解できたような気がした。

『自分は心のどこかで、もう一度インベストメントバンカーに戻ることを欲していたのだ。そして、トロフィ・ディールを横取りし、東邦《とうほう》長期信用銀行を食い物にしたランリネイやサイクスと正面から勝負したかったのだ』

　西田は両腕に力を込めて顔を上げた。意を決した表情だ。

「ミスター・ドナー、私のような人間をそこまで評価いただきましたこと、心より感謝申し上げます。アメリカ政府からの要請ということであれば、私に選択肢はないものと理解いたしました。ただ、このような、身に余る重たいミッションを背負って光陵ＪＦＧ銀行に参るということであれば、退路を断っていくのは必須だと思います。ですから、私がウェストン社に戻るという条件は、どうかご放念ください」

　ドナーは優しい表情で立ち上がると、西田のほうに向かって歩き出した。西田も立ち上がり、歩み寄った。二人は、テーブルのコーナーで向かい合う形になった。

「ケン、合衆国のために決心してくれたことには礼を言うが、いずれ戻ってきてもらうというのは、私の心からの願いなんだ。ケンの固い決意はよくわかるが、どうか私の願いを忘れないでほしい。もちろん、その時のケンの気持ちが全てであることは分かっている。だが、私はその時が来たら、全力でケンをウェストン社ＣＥＯにスカウトするつもりだ」

「ありがとうございます」

　ドナーが両手を差し出し、西田の両手を強く握りしめた。そして、二人は強く、強くハグした。

別れ際、ドナーは涙目で西田に言った。

「ケン、アメリカ合衆国を、そして世界の金融市場を救ってくれ。頼んだぞ。それから、ランリネイ、サイクスに、今度こそ負けるな」

西田の目からも、大粒の涙がこぼれていた。

2

二〇〇八年九月三十日付で、西田健雄は日本ウェストン社の社長を辞任、翌十月一日付で光陵ＪＦＧ銀行の常務執行役員に就任した。対外的には経営企画グループの副グループ長となっているが、唯一のミッションはダイヤモンド・ブラザーズへの出資交渉だ。

午前九時ちょうどに、西田は九階の頭取執務室を訪ねた。永山頭取は西田を部屋に招き入れると、ソファーを勧めた。西田は着席する前に、「本日から光陵ＪＦＧの一員となります。引き受けたからには、当行のために人事を尽くしたいと思います。どうか、よろしくお願いいたします」と言って、深々と頭を下げた。

「いやいや、こちらこそよろしくお願いするよ。急な話で西田君には負担をかけるが、この仕事は西田君にしかできないと思っている。何しろ、交渉相手は海千山千のインベストメントバンカーだし、その後ろ盾にはアメリカ政府がついているからねえ。ただ、妥協する必要はまったくない。思う存分やってもらって構わない。報告は逐次《ちくじ》してもらうが、基本的に全権を委任されていると思ってほしい。君の判断が光陵ＪＦＧ銀行の判断だと思ってもらって結構だ」

永山は終始笑顔だが、目は笑っていなかった。

「ありがとうございます。そこまで見込んでいただければ、男冥利《みょうり》に尽きるというものです」

西田は永山とは対照的に、厳しい表情を崩さずに応えた。

「準備が整い次第、アメリカに飛んでもらいたい。本来であれば、少しゆっくりしてからと言いたいところだが、状況が状況だけに、そうは言っていられない」

「今日の夕方、成田《なりた》発の便でのニューヨーク入りを予定しています。これから午前中いっぱいで、経営企画部からレクチャーを受け、何とか全体像を把握したいと思っております。あとはニューヨークに到着し次第、現地で交渉にあたっている高橋《たかはし》常務と綿密な打ち合わせをする予定です」

「さすが、西田君。すでに臨戦態勢なんだね」

永山は二度、三度と大きく頷《うなず》いた。

「相手が相手だけに、初めが肝要です。のんびりとキャッチアップしているわけには参りません。ダイヤモンド・ブラザーズのランリネイCEO、サイクスCOOは、本当に油断のならない男ですから」

西田は右手の拳《こぶし》を強く握りしめた。

永山は頷きながら立ち上がり、右手を差し出して西田の手を強く握った。

「西田君は準備で忙しいだろうから、挨拶はこの辺で。いずれにしても、今度は負けられないね」

西田は〝今度は負けられない〟という言葉に反応して、握手をしたまま永山の目をとらえた。永山は西田の視線を外して、執務机の方向に歩きだした。

3

光陵JFG銀行ニューヨーク支店はロックフェラーセンターに近い、ウェスト五十丁目、六番街と七番街に挟《はさ》まれた高層ビル内にある。

西田は、現地時間十月一日午後六時にニューヨーク支店の会議室で企画担当常務の高橋直樹《なおき》と初顔合わせをした。

会議室には高橋常務のほかに、高橋が東京から連れてきた経営企画部の部下二名が在席していた。参事役の小山田明《おやまだあきら》と調査役の篠原譲治《しのはらじようじ》だ。

「西田さん、でしたね。長旅でお疲れではないですか。入社日の午後にニューヨーク入りなんて、当行は、人使いが荒いにもほどがあります。無理しないで結構ですよ。今日のところは顔合わせということで……」

高橋は自称、身長百七十センチメートル、体重八十キログラムだが、どう見ても身長は百六十五センチメートルそこそこ、体重は九十キログラムに近い肥満体だ。頭髪は薄く、見てくれはイマイチだ。昭和五十二年に東京大学経済学部を出て光陵銀行に入行した。大学では西田の四年先輩にあたる。企画管理畑が長く、海外経験はほとんどないが、次の次の頭取候補と噂されている人物だ。

顔付き同様、言葉にも棘《とげ》がある。『外様《とざま》が何しに来た』という含みを、西田はひしひしと感じざるをえなかった。

「ご存じだとは思いますが、私はこの仕事をするためにスカウトされた身ですから、休んでいる場合ではありません。一刻も早く、キャッチアップしなくては、私がここに来た意味がありません」

西田も負けていない。時間が限られている以上、内部の人間関係を丁寧に構築するわけにはいかない。

「ここは、ダイヤモンド・ブラザーズ出資案件の専用室ですね。さっそくですが、この案件のコードネームを教えていただけますか」

コードネームとは、投資銀行でよく使われるもので、M&Aなどの特命案件を担当以外の人間に特定されないようにするための呼称だ。

「〝ジョン〟です。──だいたい、永山頭取は何を考えてるんだ。銀行員を辞めてから十年以上にもなる人間を、この大詰めのタイミングで送り込んでくるなんて……。とても理解できん。なんでそんなに買《か》い被《かぶ》るのかねぇ」

高橋は独《ひと》り言《ごと》にしては大きすぎる声で、吐き捨てるように言った。

「高橋常務。お気持ちは分からないでもありませんが、いがみ合っている時間はありません。おっしゃるように、銀行員としてすっかり錆《さ》び付《つ》いた身ではありますが、少しでもお役に立てるように、全身全霊を捧げる覚悟でここに来ております。ご指導のほど、くれぐれもよろしくお願いいたします」

西田は高橋の態度にハラワタが煮えくり返る思いだったが、ここはぐっと堪《こら》えるしかなかった。

「ああ、そうですな。忘れていた。今は猫の手も借りたい状況だったな。こちらこそ、よろしく頼みますよ。──この部屋にあるのは、全てD社のデューデリジェンス資料です。明日はD社のランリネイCEOとサイクスCOOとの面談が予定されています。西田さんにも同席してもらいましょうか」

二十畳ほどの会議室には、一辺が三メートルほどの長机がコの字型に配置されているが、その一辺分は山積みとなった資料で占領されていた。

デューデリジェンスとは、投資を行う際に、その投資対象の本当の価値や投資のリスクを調査する作業を意味する金融用語だ。

「D社は、ダイヤモンド・ブラザーズのことですか。分かりました。明日の面談は何時からですか」

西田と高橋の会話を無視するかのように、ノートパソコンに向かって作業をしていた小山田が、おもむろに立ち上がった。

「参事役の小山田です。これが明日のスケジュールです。ダイヤモンド・ブラザーズとの面談は、十時三十分からを予定しております」

西田はA4判の一枚紙を手渡された。小山田は銀縁眼鏡《めがね》に七三に分けた頭髪、スリムな体型、そして白いワイシャツにダークグレーのスーツと、あたかも絵に描いたような銀行員姿だ。

「了解しました。これまでの交渉状況について、簡単に教えてもらえますか」

西田はメモ紙を一読すると、小山田に訊いた。

「先方からの申し出は、普通株による出資で金額は九十億ドルでした。二十二日に最大二〇パーセントの筆頭株主になると公表した時も、その前提です。当時のダイヤモンド・ブラザーズの株価は二十七ドル強でした」

西田は静かに頷いてから、さらに尋ねた。

「二十九日に『九十億ドルの出資で最終合意した』と公表していますが、その時の前提も全額普通株なのですか」

小山田は小さく首を横に振った。

「いえ、二十九日の段階では、普通株で三分の一、優先株で三分の二という想定です。ただ、二十九日の発表後もダイヤモンド・ブラザーズの株価は大きく下落しています。本日の終値は二十ドル割れしております。まだ検討を重ねる必要を感じているところです」

普通株で出資をする場合、支配権は確保できる一方で、株価次第で損失が発生する可能性が生じる。優先株であれば、一定価格での普通株転換権を設定することによって将来的な支配権を確保できるうえに、株価の値動きによる損失の可能性はなくなる商品性とすることが可能だ。

西田は高橋を無視して、小山田のほうに体を向けた。

「要は株価下落の要因をどのように捉《とら》えるか、ですね。大規模な増資で発行株式が増加することを市場が懸念《けねん》しているのであれば、株価が下がるほどに発行株数が増えて、株価の下落に拍車《はくしゃ》がかかる可能性がある。他方、光陵ＪＦＧ銀行の出資そのものが破談になるリスクを懸念しているのであれば、出資を実行することで株価は戻るという理屈になります」

「いろいろな要因が、複合的に絡《から》み合《あ》っていると考えるのが妥当ではないでしょうか。勝手な思い込み、断定は禁物かと……」

小山田は即座に返答した。

「おっしゃるとおりです。小山田さん、それにしても、二十九日までの超短期間で基本的なデューデリを終えたのは、大変なご苦労だったでしょう」

西田の労《ねぎら》いに、小山田は俯《うつむ》き加減に「それほどでもありません」と返した。

4

「やあ、ケン。相変わらず元気そうで何よりだ。いずれ金融の世界に戻って来ると思っていたが、ちょっと時間がかかり過ぎなのではないのか」

満面の笑みを湛《たた》えたジョエル・ランリネイとスティーブ・C・サイクスが共々《ともども》、両手を大きく広げて、西田のほうにゆっくりと歩み寄ってきた。ランリネイはダイヤモンド・ブラザーズのCEO、サイクスはCOOだ。

西田は、苦笑いを浮かべながら二人と握手をした。西田の斜め後ろで、無視された形となった光陵ＪＦＧ銀行企画担当常務の高橋は、心にもない愛想笑《あいそ》いを浮かべて立《た》ち竦《すく》んでいた。

ダイヤモンド・ブラザーズのニューヨーク本社は、二年前にマンハッタンのウォール街からミッドタウンの高層ビル（ウェスト四十八丁目、ブロードウェイ）に移っていた。光陵ＪＦＧ銀行ニューヨーク支店からは徒歩五分ほどの距離だ。応接フロアは四十階にあった。

ランリネイにソファーを勧められて、高橋と西田は黒い革張りの重厚なソファーに身を沈めた。

高橋の前にランリネイ、西田の前にサイクスがほぼ同時に座った。

「短い時間ではあったが、密度の濃いディスカッションを重ねて、ミスター・タカハシとは強い信頼関係を築けている。それに加えてケンが議論に加わってくれるのだから、我々にとっても鬼に金棒《かなぼう》の心境だ」

ランリネイが笑顔で切り出した。『厄介な男が現れた』という本音は、微塵《みじん》も感じさせない表情だ。

ランリネイの正面に座っている高橋は、引《ひ》き攣《つ》った顔で「おっしゃるとおりです」と応じた。西田に対する昨日の横柄《おうへい》な態度とは雲泥《うんでい》の差だった。

「信頼関係の構築は大変結構なことです。一方で、弊行の出資を公表して以来、御社の株価下落に歯止めがかかっていないことも厳然たる事実です。この状況が継続するようですと、弊行としても方針を変更する必要が生じる可能性があります」

西田の前に座るサイクスの馬面《うまづら》が、微《かす》かに歪《ゆが》んだ。

トレードマークの大きな眼鏡に手が触れた。

「ケン。久しぶりに会ったというのに、随分《ずいぶん》と水臭いことを言うねぇ。ケンは昨日から光陵ＪＦＧに合流したらしいからご存じないのだろうが、ミスター・タカハシとダイヤモンド・ブラザーズの間では、すでに合意ができているんです。あとは、御行に購入していただく普通株の価格と優先株の転換価格を決めるだけだと思ってくれれば、よろしいのです」

サイクスは気を取り直すように、笑顔を作り直した。

「前提が変われば、交渉のステージが変わるのは当然でしょう。ミスター・サイクス、あなたに教わったイロハのイ、ですよ」

サイクスの顔色の変化が、はっきりと見て取れた。上半身を西田のほうに乗り出して、ダークブラウンのローテーブルを右の掌でポンと叩いた。

「合衆国政府の意向を知らないのか。相変わらず青臭いことばかり言っているが、そこいらのＭ＆Ａ案件と一緒にしてもらっては困る」

「スティーブ、言葉を慎みなさい。ケンの言うことは正論だ。ケン、申し訳ない。昔《むかし》馴染《なじ》みだということで、我々の側に少し気のゆるみがあったようだ。ミスター・タカハシと同様、ケン、いやミスター・ニシダと信頼関係を構築できることを、衷心《ちゅうしん》より願っております」

ランリネイが割って入ると、サイクスはソファーに身を沈めた。

『後から出てきて、何様のつもりだ』と言いたいのを、グッと抑えているのが手に取るように分かった。

「ぜひともそう願いたいですね」

西田の口調は、皮肉交じりにならざるをえなかった。

高橋の視線は、西田とランリネイの間を行ったり来たりしている。

「ミスター・タカハシからもミスター・ニシダにご理解いただけるよう、フォローをお願いしますよ。合衆国と日本の信頼関係にも直結する話ですからね」

ランリネイに見据えられて、高橋の視線が再び彷徨《さまよ》った。

「それから、デューデリのやり直しをさせていただきます。追加で提出いただきたい資料を、後ほど事務方から連絡させますので」

高橋が何か言おうとしたタイミングで、西田が被せて言い放った。

ランリネイとサイクスの顔が同時に歪んだ。

5

エレベーターの中では終始無言だったが、エレベーターホールに出るやいなや、高橋が西田の前に回り込んで、深刻な表情で話しかけてきた。

「西田常務、いくら旧知の間柄とはいっても、元上司に対して、あんなにぞんざいな態度で大丈夫なんですか。それに、今回の案件は国レベルの話でもあるし、これまで私が築き上げてきた信頼関係が壊れないか心配です」

昨日の〝西田さん〟が〝西田常務〟に変わったところが、高橋の微妙な心境の変化を表していた。

巨大投資銀行のトップを前に怯《ひる》まないどころか、終始攻撃的な姿勢を貫いた西田を見る目が、無意識のうちに変わっていたのだ。

「初めが肝心ですからねぇ。奴らは、少しでも隙《すき》を見せれば、つけこんできます。それでなくても、アメリカ国家を盾に無理難題を言ってくるに決まっています。これからが勝負ですよ」

西田は構わず出口に向かって歩き始めた。高橋が追いかけるように、西田の横に並びかけた。

「合衆国からの要請なんだから、僕らのような、一民間企業ができることには限度があるでしょう。日米関係を壊すようなことは慎むべきだ」

高橋の言葉を無視するように、西田は歩を速めながら言った。

「そうだ。銀行に戻ったら、至急打ち合わせをしましょう。実務的なこともありますから、小山田さんと、もう一人の担当者にも参加してもらえればありがたいですね」

「あ、そうですね」

高橋は一息ついて、西田の顔を見上げながら応えた。

摩天楼《まてんろう》の合間から見える空は、抜けるように青かった。不意に日差しを浴びて、高橋は左手で光を遮《さえぎ》るポーズを取った。

西田と高橋が昨日と同じ会議室に到着すると、すでに小山田と篠原は着席していた。

「高橋常務、お疲れ様でした。今、コーヒーを頼みましたので、少し休まれてはいかがですか」

小山田が二人の姿を確認すると素早《すばや》く立ち上がり、高橋のほうに近づいてきた。担当の篠原も後に続く。

「ありがとう。もう十二時前か。それでは、まずはランチにするか」

高橋は腕時計をちらっと見てから言ったが、西田が割って入った。

「時間がもったいないですから、ホットドッグでも買ってきてもらいましょうよ」

高橋が少し嫌な顔をしながらも、

「ああ、そうだな。篠原君、お願いできるかな」

と、西田の言うことに従った。

西田の発言に全く異論を挟まない高橋の対応を意外に思い、小山田と篠原は一瞬顔を見合わせた。

篠原が買い出しに行っているあいだ、西田は山積みの資料に手あたり次第、目を通していた。ランダムな質問に、小山田が的確に応える。西田は『こいつ、なかなかやるな』と、小山田の無表情の顔を見ながら思っていた。

二十分後、両手に大きな紙袋を持った篠原が戻ってきた。

特大のホットドッグをアイスコーヒーで流し込みながらのミーティングは、西田の独擅場《どくせんじょう》となった。

「先ほどダイヤモンド・ブラザーズとの面談でも申し上げましたが、私はデューデリをやり直す必要があると思っています。特に投資勘定です。サブプライム関連だけではなく、バランスシートの外に出しているものも含めて、全ての投資勘定を十分にチェックする必要があります」

西田は、立ち上がると山積みの資料を掌で軽く叩いた。

高橋もテーブルに両手を突くと、勢い込んで立ち上がり、西田に挑むような眼を向けた。

「西田常務、我々のデューデリが信用できないと、そういう意味ですか」

「信頼していないわけではありません。不十分だと申し上げただけです」

「同じことじゃあないですか。ふざけないでほしい。極めて限られた時間で、我々がどれだけ苦労して作業したと思っているんだ……」

高橋の声は微かに震えていた。

小山田、篠原は表情を変えずに、西田を凝視していた。

「その点については、十分に理解しているつもりです。心から敬意を表します。ただ、金融市場が完全に破壊されている状況下では、時価評価すらままならないわけですから、彼らの出してきたバランスシートを鵜呑《うの》みにするわけにはいきません。それに、これだけ株式市場が大きく動いているということは、市場がその株価自体を信用していないということになりませんか。つまり、ダイヤモンド・ブラザーズの株価が正しいことを前提としては駄目だ、と思っているのです」

西田の冷徹な言葉を受けて、高橋は両手をテーブルに突いたまま、顔を下に向けた。

「投資勘定を全部精査する、株式市場は信用しないですかぁ。いったいどれだけ時間がかかると思っているんですか。西田常務、あなたもたった今おっしゃったが、正しい時価が存在するか怪しいんです。どこかで正しいと思われる前提を置かなければ、何もできない。そもそも、アメリカ政府が悠長《ゆうちょう》に待ってくれるわけがない」

「十分に精査する時間をアメリカ政府が待てないのなら、モレガンがブルー・スターを救済した時のように、買い叩けばいいだけです」

西田は事も無げに返した。

「実質破綻《はたん》していたブルー・スターと同じようにいくとは思えない。相手は腐っても鯛《たい》のダイヤモンド・ブラザーズなんですよ」

高橋は弱々しい口調で、そう答えるのがやっとだった。

6

西田参戦後二回目のダイヤモンド・ブラザーズとの交渉は、二〇〇八年十月六日月曜日午後二時から行われた。場所は光陵ＪＦＧ銀行ニューヨーク支店、高層ビルの三十階に陣取る応接フロアだ。これまでの交渉は、全てダイヤモンド・ブラザーズに出向く形で行われたが、「今回は先方を呼びつけるべき」と西田が強く主張した結果である。

西田はランリネイとサイクスを迎えると、窓外の景色が見える手前側のソファーを勧めた。

「西田常務、お客様は奥の上座《かみざ》では……」

「いえ、景色の眺めのいいこちら側のほうに座っていただきましょう」

ランリネイは西田に右手を差し出した。

「ケン、今日はお手柔らかに頼むよ。そろそろ、このディールをＤＯＮＥしようじゃあないか」

〝ダン〟とは契約締結を意味する。

「こちらこそ、お手柔らかにお願いしたいですね」

サイクスとも握手を交わした。

二人はソファーに、どかっと腰を下ろした。高橋の存在は二人の視界には入らなかった。

西田はコーヒーをひと啜《すす》りしてから、抑揚《よくよう》のない声で切り出した。

「先週末に、追加で提出をお願いした資料ですが、ご用意いただけましたか」

「ああ、その件だが、全投資資産の明細と言われても、そう簡単ではない。それよりも、このタイミングでは、少々考え難《がた》い要望だと思う。御行が本当に出資に応じる気があるのかを疑わざるをえない。合衆国政府の意向は、光陵ＪＦＧ銀行のトップには十分に認識してもらっていると考えていたが。ケン、違うのか」

　サイクスは笑顔から一転、険しい表情になった。

「もちろんです。真剣に出資を検討しているからこそ、貴重な時間を使って一生懸命デューデリを行っているのです」

「それなら、もう一つ訊く。いつまでデューデリを続けるつもりだ。本当に、全投資資産をこれから精査するのか」

「日本の銀行は、あなた方アメリカの指南もあって、厳格な資産査定の励行《れいこう》を金融当局から求められています。金融庁の査定に耐えられるレベルのデューデリは、マストだと思っていただきたい」

　ランリネイが二人の会話に割って入ってきた。西田の対応にあからさまに不快感を示している。

「キンユーチョー？　資産査定？　ああ、竹井平之助《ヘイノスケ・タケイ》を使って日本の銀行から不良資産をあぶりだしたやつか。そんなものは、合衆国政府から特例扱いにするよう日本政府に言い含めてもらうから、心配無用だ」

　西田は西田で、ランリネイの言い種《いいぐさ》にむかっ腹だった。散々《さんざん》日本の銀行を食い物にしておいて、自分たちが窮地に陥ると、助けて当然、という態度だ。

「我々は、日本政府の代表ではありません。民間の株式会社です。たとえ米国政府からの要請であろうと、株主の不利益になるようなことを、受け入れることはできません」

西田の発言に、ランリネイとサイクスは渋面《じゅうめん》を見合わせた。

「ミスター・タカハシ。あなたは、これまで築いてきた信頼関係をどう考えるのか。先月末に優先株と普通株のミックスとすることでわれわれダイヤモンド・ブラザーズが譲歩し、光陵ＪＦＧも合意したはずだ。今さら、ちゃぶ台返しをする気ではないだろうな」

サイクスに矛先《ほこさき》を向けられて、高橋の心臓が音をたてた。

「ミスター・サイクス。も、もちろん、ダイヤモンド・ブラザーズと光陵ＪＦＧの信頼関係は大変重要なことで……」

高橋が言いかけたところで、西田が被せた。

「信頼関係が大事なのは当然です。その信頼関係が株式市場によって揺らいでいるからこそ、われわれはさらなる精査が必要だと言っているのです」

「ミスター・ニシダ。私はあなたには訊いていない。これまで交渉を重ねてきた、そして先月末の合意を決断してくれたミスター・タカハシに訊いているのだ。さあ、ミスター・タカハシ、応えてもらおうか」

サイクスは西田を無視するように、高橋に体を向けて、右手をピストル状にすると、人差し指を高橋の顔に向けて伸ばした。

「ミスター・サイクス。先月までの交渉がどうであろうと、私は光陵ＪＦＧ銀行を代表してこの席にいるのです。永山頭取から全権を委任されている。私を信用できないというのであれば、永山頭取に直接確認してもらって結構だ」

西田の断固とした姿勢に驚愕した高橋は、「ええっ」と言葉にもならない声を漏らした。

西田はサイクスに向けた鋭い視線を、ゆっくりと隣のランリネイに移した。

「くり返しますが、私は光陵ＪＦＧ銀行の代表として、全権を委任されている。私が納得することなく、ダイヤモンド・ブラザーズへの出資はありえないと心得てもらいたい。そして、私が納得するには、投資資産のデューデリがマストだということも」

背筋《せすじ》を伸ばし、追い打ちをかけるように、ゆっくりと話す西田の姿は、窓から差し込む光に照らされて、さらに大きく見える。西田は交渉を有利に進めるために、あえて太陽光のもっとも強い部屋を選び、窓側に自分が座るように仕向けたのだ。ランリネイもサイクスも、思わず目を細めた。二人は心が萎縮していくのを意識していた。

光陵ＪＦＧ銀行のスタンス変更を織り込んだのか、ダイヤモンド・ブラザーズの株価は、十月六日以降、さらに下落が続いた。九月末に二十ドルを上回っていた株価は、十月九日には十ドル割れ目前まで売り込まれた。

　翌十月十日、米国財務長官のジャック・フォームズはG7（主要七ヵ国財務相・中央銀行総裁会議）出席のためにワシントンを訪問中の上川明《かみかわあきら》財務大臣との緊急会談で、光陵JFGからのダイヤモンド・ブラザーズへの出資を強く要請した。

「ミスター・カミカワ、世界の金融市場を守るために、ぜひともご協力をいただきたい。日本政府からも光陵JFG銀行に、ダイヤモンド・ブラザーズへの出資を後押ししてほしい」

　だが、上川は、深く頷きながらも、慎重な口調で、

「政府からの後押しは、実質的に強要になってしまう。銀行とはいえども民間企業に違いはない。政府として民間企業に対して強要はできない。むしろ日本の金融危機時と同様、合衆国も大手金融機関に、遍《あまね》く公的資金を注入すべきではないか」

と、容易に応じないばかりか、強気に持論を披瀝《ひれき》した。

　結局、なおも続くフォームズ財務長官の執拗な要請に、最後は「光陵JFG銀行とダイヤモンド・ブラザーズの件は、日本政府としても注意深く見守ります」と、アメリカの面子《メンツ》を立てるために、最低限の関与を約した。

7

十月十日金曜日のダイヤモンド・ブラザーズ株価終値は、前日比二〇パーセント以上の下落に見舞われ、ついに十ドルの大台を割った。光陵ＪＦＧ銀行の出資合意が最初に公表された九月二十二日から、三分の一の水準だ。

ニューヨークの午後七時、光陵ＪＦＧ銀行の永山頭取から西田の携帯電話に連絡が入った。

「永山頭取、おはようございます。こちらは金曜日の夜七時ですから、日本は土曜日の朝八時ですか。こんなに早い時間にいかがされたのでしょうか」

西田は、会議室で山積みの資料と格闘中だった。ダイヤモンド・ブラザーズから大量の追加資料の提出を受けたのは、八日の午後だ。

「西田君、お疲れ様。不眠不休で頑張ってくれているとの報告をもらっている。ところで、先ほどアメリカ財務省のフォームズ長官から、至急の連絡を受けてねぇ。何でも、フォームズ長官とダイヤモンド・ブラザーズのランリネイＣＥＯ、それに私とで三者会談をしたい、ということなんだが……」

永山は淡々とした口調だ。

「それは急な話ですね。大方《おおかた》、ランリネイCEOがフォームズ長官に泣きついたのでしょう」


西田は無理に冷静さを装った。

「それだけ、西田君に厳しく交渉してもらっている、ということかね。いずれにしても、当行としては全権を西田常務に委任しているので、西田常務と話してほしいと伝えておいた。よろしくお願いするよ」

そう言うと、永山は一方的に電話を切った。西田は耳から離した携帯電話をしばらく見つめていたが、我に返ったように「いよいよ正念場だ」と呟いて立ち上がった。


西田は一時間後に米国財務省からの電話を受けた。フォームズ長官とランリネイ、西田の三者会談は、十一日の午前十一時に設定された。場所は、ニューヨークのプラザホテルだ。

西田は三者会談の日程を永山頭取に社内メールで報告すると、チームで状況を共有するため、午後八時半に高橋、小山田、篠原の三人を会議室に招集した。

「先ほど、永山頭取から電話があり、フォームズ財務長官とダイヤモンド・ブラザーズのランリネイCEO、私の三者会談を行うように指示を受けました。米国財務省からの要請ということです。三十分前に財務省から連絡があり、明日の午前十一時に呼び出しを受けています」

西田は高橋、小山田、篠原を順番に見渡した。三人とも同様に深刻な表情だ。

「財務長官の意図するところは何でしょう」

高橋は絞り出すようなしゃがれ声で尋ねた。

「ランリネイに泣きつかれて、何らかの圧力を行使しようというところでしょう」

西田は抑揚のない声で返した。

高橋は西田の表情を覗《うかが》うように上目遣《うわめづか》いだ。

「財務長官が直接乗り出してくる以上、タダで済むとは思えません。妥協というか、ある程度ダイヤモンド・ブラザーズの要望に応えざるをえないのでは……」

「われわれも、アメリカでビジネスする以上、米国政府の意向を無視できない、ということは、高橋常務のおっしゃるとおりです。ただし、当行も株式会社ですから、端《はな》から損すると分かっている取引を行うことはできません」

西田は鋭い視線を高橋に返した。

小山田は思い切ったように発言した。

「ダイヤモンド・ブラザーズの株価も随分下がりましたから、株価下落リスクは逆に減少したとも考えられます」

西田は小山田に顔を向けて、穏やかな表情をした。

「そういう考えもできますねぇ。ただ、株価とダイヤモンド・ブラザーズの中身がきちんと釣り合っていることが前提です。それに、どうせやるからには、メリットがないと意味がない。一定の議決権を確保して、出資後にダイヤモンド・ブラザーズの勝手にはさせないようにすることは、極めて重要だと思います」

小山田は西田の穏やかな表情に促されたのか、少し緊張が解けたようだ。

「ただ、ダイヤモンド・ブラザーズにしてみれば、目的は自己資本の確保であり、当行の議決権は抑えたいと考えるでしょうから、交渉は簡単ではないのでは……。財務長官を連れ出すわけですから、相当虫のいいことを言ってくるのではないでしょうか」

「そのとおりだと思います。ただ、ボールは我がほうにあるのですから、できない妥協をする必要は全くありません。それに、これまでの〝ツケ〟は、きちんと返してもらわないと」

西田は自らに言い聞かせるように小さく頷いた。


翌十一日の午前十一時五分前、西田を乗せた黒塗りの社用車がプラザホテルに到着した。重厚な造作《ぞうさく》のメインエントランスには、ホテルの支配人が待機しており、自ら丁重に西田をスイートルームへとエスコートした。

静かなノックとともに支配人がドアを開けると、すでにフォームズ財務長官とランリネイCEOはソファーでひそひそ話をしていた。

西田の到着を確認した二人は、ほぼ同時にソファーから立ち上がると西田に歩み寄り、握手を求めてきた。

〈随分な歓迎ぶりだな……〉

西田は日本語で呟くと、言葉とは裏腹に愛想笑いを浮かべながら、名刺入れをスーツのポケットから取り出した。

恭《うやうや》しくフォームズに名刺を差し出し、

「光陵JFG銀行の西田でございます。お会いできて光栄です」

と言い、フォームズの名刺を受け取ると、右手で握手をした。ランリネイが二人の手に両手を重ねてきたので、三人の体が一瞬、かたまった。

フォームズとランリネイが並んで座り、二人に向かい合う形で西田が着席した。

支配人は三人の前にコーヒーを置くと、「どうぞ、ごゆっくり」と言って、静かに退室した。

三人同時にコーヒーカップに手を伸ばし、ゆっくりとした動作で口に運んだ。沈黙の後、ランリネイが痺《しび》れを切らした。

「ケン、いやミスター・ニシダ、今日はいい返事を期待してよろしいのでしょうね。

こうしてフォームズ長官にも、G7で超多忙な中を、今日のミーティングに参加していただいているのですから」

財務長官の前でいつもの軽口は封印したのか、ランリネイの表情は真剣そのものだ。

「フォームズ長官、失礼ながら、本日はどのような立場で臨席されているのでしょうか」

西田は、ランリネイを無視するように視線を移した。

フォームズは微かに眉を顰《ひそ》めた。

「合衆国の金融を守るべき立場の者として、貴行のダイヤモンド・ブラザーズへの出資は最大の関心事です」

フォームズは一つひとつの言葉に、威厳を込めているかのようだった。

「それは身に余る光栄です。しかし、光陵JFG銀行は、合衆国の金融を支える立場にはありません」

西田は臆することなく応えた。

「ご謙遜《けんそん》なさるな。光陵JFG銀行は世界を代表する銀行でしょう。ぜひとも合衆国の金融市場を守ることに、ひと肌脱いでいただきたい」

フォームズの表情が少し和らいだ。

「お気持ちは分かりますが、弊行の持っているお金は、株主ならびに預金者から預かったものです。きちんと中身を把握して、安全確認をし、適切なリターンが得られると納得できない限り、おいそれとお出しすることはできません。たとえそれがアメリカ合衆国からの要請であっても、目を瞑《つむ》って出すのでは、プロフェッショナルの出資とは言えません。それはギフトになってしまいます」

西田は〝ギフト〟のところで、声量を上げた。

「ミスター・ニシダ。あなたは合衆国の金融市場が崩壊してもいいと言うのかな」

フォームズは本心を必死に隠すように、静かな口調を崩さなかった。

「十年前、日本の金融崩壊に際し、アメリカ合衆国は何かしてくれましたか。バブルにまみれた東邦長期信用銀行を食い物にしたのは、ハイエナのごときアップルツリー、そしてミスター・ランリネイだったのでは。そしてフォームズ長官、あなたはその時、アップルツリーの親会社、ダイヤモンド・ブラザーズのCEOでしたね」

西田に畳《たた》み掛《か》けられて、フォームズの表情が強張《こわば》った。ランリネイは顔を朱色に染め、わなわなと身体を震わせている。

数分の沈黙が流れた。瞑想《めいそう》しているかのごとく両目を閉じていたフォームズが、意を決したように目を見開いた。

「合衆国が保証しよう。光陵ＪＦＧ銀行に決して損失は出させないことを。それなら文句はないだろう」

「いいえ、それでも不十分です」

西田はフォームズの目を捉え、きっぱりと言い切った。

「なに、不十分。いったい何が不満なんだ。私は合衆国が保証すると言っているのだが」

フォームズが気色《けしき》ばんだ。

「ダイヤモンド・ブラザーズがここまで傷《いた》んだのは、明らかに経営責任と言わざるをえません。くり返しますが、株主ならびに預金者からお預かりしている大事な資金をお出しする以上、その資金を使って正しい経営を行っていただく必要があります」

西田の視線は、さらに鋭くなった。

「それは、そのとおりだが……。ミスター・ニシダ、つまり、あなたは、ダイヤモンド・ブラザーズの経営者のクビを挿《す》げ替えろ、と言いたいのだな」

今度はフォームズが西田を鋭い視線で捉えた。

「長官、フォームズ長官、いったい何をおっしゃるのですか……」

ランリネイは体を震わせながら、絞り出すように言った。

「フォームズ長官。おっしゃるとおりです。ダイヤモンド・ブラザーズは経営者が替わらない限り、再生は叶《かな》いません。ここにいるミスター・ランリネイとCOOのミスター・サイクスは、サブプライムローンの積み上げが明らかに問題となっている状況で、さらにリスクの高いアセットを積み増ししていることが、弊行のデューデリで判明しています。二人を無罪放免にしたままでのダイヤモンド・ブラザーズへの出資は、説明責任が果たせないものと考えています」

西田はランリネイの存在を完全に無視し、フォームズから視線を外さなかった。

フォームズは、呻《うめ》くように言った。

「私も、随分前からミスター・ランリネイには警告してきたのだがねぇ。インベストメントバンカーにも、矜持《きょうじ》というものがあるだろうと」

フォームズと西田は、お互いに視線を逸らさなかった。

〈インベストメントバンカーの矜持ねえ。あなたは、ダイヤモンド・ブラザーズのCEOだったとき、どうだったのか〉

と、日本語で呟いた。

「長官、リーマンの経営破綻による金融パニックに責任を取れ、と言われても困ります。どんな経営者でも、この状況を回避できたとは思えません。失礼ながら、フォームズCEOであったとしてもです」

二人から無視された形のランリネイが、身を乗り出して口を挟んだ。

「ミスター・ランリネイ。その認識こそが全ての原因ではないのか。恐らく、米国の全てのインベストメントバンクのトップが、同じことを言うのだろう。『自分は悪くない。最善を尽くした』と。本当にそうなのか。サブプライムローンが問題視されたのは二年以上も前だろう。君たちはこの二年間、ブレーキを一度でも踏んだのか。いや、踏もうとしたことがあるのか、と問い直してもいい」

フォームズは右手の人差し指を、ランリネイの鼻先に向けた。ランリネイは、「うっ」と小さく呻くと下を向いた。

「ミスター・ニシダ。条件はそれだけか」

フォームズは再び西田に顔を向けた。静かな口調ながら耳に響く声だ。

西田は一言一言を自ら確認するように、ゆっくりと話した。

「合衆国政府の保証がいただけるということですが、金融市場は当面不安定な状態が続くことが想定されます。普通株ではどうしても損失リスクが払拭《ふっしょく》できませんので、恐縮ながら全額を優先株でお願いいたします。それから、弊行としてはダイヤモンド・ブラザーズへの相応の影響力を保持したいと思っていますので、普通株に転換した際には出資比率が二〇パーセントとなるように転換価格を設定したいと考えております。それから、取締役《ボードメンバー》に弊行から一名派遣させていただくことが大前提です」

「オーケー。ＤＯＮＥ。細かい条件は実務方で詰めてもらうが、ミスター・ニシダが提案されたことは、全て私が認めたと言ってもらって結構だ」

フォームズはソファーから立ち上がると、右手を西田に向けて差し出した。西田が右手を差し出そうとすると、ランリネイはテーブルを両手で思い切り叩き、その勢いで立ち上がった。

「冗談じゃない。何で俺がクビなんだ。ふざけるな。それなら、ジャップの金など必要ない。必ず出資金を集めてみせる」

赤鬼《あかおに》のごとき顔つきで、両手を広げて喚《わめ》くランリネイを、フォームズは冷ややかな目で見た。

「見苦しいぞ。散々出資を断られたお前に何ができる。最後くらい、潔く退場したらどうなんだ」

ランリネイは「ふざけるな！」と叫びながら荒々しくドアを開けると、西田のほうを振り向きざまに、再び、

「ジャップ！　ふざけるな！」

と捲《まく》し立てて退室した。

フォームズと西田は顔を見合わせると、同時に肩をすくめ、気を取り直したように握手をした。

8

十月十三日の月曜日はコロンブス・デイ（祝日）で、米国は株式市場こそ開いているものの、銀行は休業日だった。日本も体育の日で祝日にあたる。一方で、米国政府としてはダイヤモンド・ブラザーズが危機を脱したことを一日でも早く金融市場に周知したいと考えていた。苦肉の策として、九十億ドルの小切手を光陵ＪＦＧ銀行からダイヤモンド・ブラザーズに手渡しすることとなった。

場所は六番街にある法律事務所の応接室。ダイヤモンド・ブラザーズの顧問弁護士のオフィスだ。光陵ＪＦＧ側は高橋常務と小山田参事役が出席した。最後まで固辞した高橋を、西田が強引に説得したのだ。西田にしてみれば、功労者二人を立てたままだ。

ダイヤモンド・ブラザーズ側は、これまでの出資交渉で一度も姿を見せたことのない、〝ボブ・スミス〟という巨漢の白人だった。

名刺の肩書《かたがき》はＣＦＯとなっていた。高橋は、西田が出資の条件として、ランリネイとサイクスの解任を求めていたことを知らされていないため、ランリネイが現れないことに違和感を覚えていた。

しかし、九十億ドル（一ドル＝百円換算で九千億円）の小切手を一分一秒でも早く手渡してしまいたい、という思いのほうが、はるかに勝《まさ》っていた。

契約書類を交わし、小切手と領収書を交換した瞬間、高橋は背中に大量の汗が流れていくのを感じた。興奮冷めやらぬ中、ふと腕時計を見ると、午前十時を回ったところだった。

昼過ぎには、ＣＮＮが光陵ＪＦＧ銀行のダイヤモンド・ブラザーズへの出資をニュースで報じた。

米国の最大手製薬会社ウェストン社のドナーＣＥＯから西田の携帯に電話が入ったのは、ニューヨークの午後三時前だ。

「ケン、やったな。おめでとう。二週間とかからずに決着をつけるとは……。ケンなら当然かもしれないが、まさに電光石火としか言いようがないな」

ドナーの笑顔が目に見えるようだ。

「ミスター・ドナー。本当にありがとうございます。私の我儘《わがまま》を許していただいたおかげです」

西田はドナーの声を聞いて、湧き出てくるような喜びの感情に浸《ひた》っていた。

「九十億ドルという金額もすごいが、全額優先株で決着させた交渉力にも舌を巻いたよ。ダイヤモンド・ブラザーズの元エースバンカーだけのことはあるな」

ドナーの声が心地よく耳に響く。

「日本人は欧米人との交渉で、とかく妥協してしまいがちですが、今回ばかりは強気一辺倒でいきました。首尾よく、ランリネイとサイクスの放逐《ほうちく》にも成功しましたので、我ながら満点の出来映えです」

「ええっ！　ランリネイとサイクスの放逐！　それは本当なのか」

ドナーの声が一段と大きくなった。

「ええ。フォームズ財務長官に条件として突きつけたら、あっさりと受けてもらえました。どちらかと言いますと、フォームズ長官も、あの二人には良い印象を持っていなかったようです」

西田はフォームズの〈私も、随分前からミスター・ランリネイには警告してきたのだがねえ。インベストメントバンカーにも、矜持というものがあるだろうと〉という言葉を反芻《はんすう》しながら話した。

「そいつはすごい。まさに、俺たち二人の仇討《あだう》ちまでやってくれたんだな。ニューヨークに飛んで、ケンを抱きしめたい心境だ」

「私のほうこそ、今すぐシカゴに飛んでいきたくて、しょうがありません」

ひとしきり大笑いした後、数秒のあいだ沈黙してから、ドナーは思いついたように言った。

「そうだ。ケン。シカゴに戻って来られるんじゃないのか。永山頭取は、ダイヤモンド・ブラザーズへの出資を決めるために、どうしてもケンの力が必要だと言っていたのだから。その案件は、もう終わったじゃないか」

西田は携帯電話を耳に当てながら、口をポカンと開けた。そして、我に返り、落ち着いた口調で応えた。

「それはさすがに無理です。これから、光陵JFG銀行として実を取りに行かなくてはなりません。ちょっと油断すると、ダイヤモンド・ブラザーズの奴らは恩を忘れて、勝手なことを言い出すに決まっています。いくらランリネイとサイクスを放逐しても、投資銀行の本質は変わりませんから」

数秒の間《ま》を置いてから、ドナーの優しい声が西田の耳に聞こえてきた。

「それもそうだな。さすがに二週間での復帰は虫が良すぎるな。ただ、ケン、これだけは忘れないでほしい。私は、いつでもケンのウェストン社への復帰を待っているということを。だから、必ずウェストン社に戻ってきてくれ……。いずれにしても、近いうちに祝勝会をしようじゃあないか。時間ができたら連絡してくれ」

携帯電話を胸ポケットにしまうと、西田は「ふーっ」と深く息を吐《つ》いた。まるで、二週間の激動の出来事、張りつめた思いを、全て体の中から吐き出しているかのような気分だった。同時に、ドナーとの変わらない信頼関係に包まれて、心を揺さぶられる思いに浸っていた。

二〇〇八年十一月一日付で、ダイヤモンド・ブラザーズのボードメンバーに西田健雄が加わることになった。永山頭取直々《じきじき》の指名によるものだった。西田にしても〝乗りかかった船〟の心境でもあるし、自分にしか務まらないという思いもあった。

西田は、いよいよ本格的に拠点をニューヨークに移す必要に迫られた。家族でのニューヨーク引っ越しも考えたが、長男の雄介《ゆうすけ》が国立大学の附属小学校に通っていることもあり、綾子《あやこ》もニューヨーク行きに積極的ではないことから、単身赴任を選択した。何よりも、ニューヨークにどれくらいの期間滞在することになるか、全く先が読めないことが大きかった。

オフィスから徒歩十分の場所に、長期滞在者用のホテルが見つかった。キッチンの付いたスイートタイプで、一人なら十分な広さだ。

十一月二日の日曜日、午前中に当面必要となる日用品の買い出しを終えてソファーで寛《くつろ》いでいると、携帯電話が胸ポケットで振動した。着信画面を見ると、ジャネットからだ。

「ハイ、ケン。随分とご無沙汰ねぇ。ダイヤモンド・ブラザーズのボードメンバーになったこと、どうして教えてくれなかったの」

ジャネットは少し棘のある口調だ。

「ごめん。なにぶんにも急な話だったんだ。何しろ、十月一日付で光陵ＪＦＧ銀行に入って、その一ヵ月後に今度はダイヤモンド・ブラザーズだから。九月末までは、日本ウェストン社の社長だったのに、激流に飲み込まれたというか……。ところで、君はなんで僕がダイヤモンド・ブラザーズに入ったことを知っているんだ」

話しながら、下半身がもぞもぞするのを感じていた。最後のジャネットとの逢瀬《おうせ》は七年前だが、彼女の魅惑的な肢体《したい》が目に浮かぶ。

「ケンが近くにいると、直感でわかるのよ。というのは、ジョーク。『蛇《じゃ》の道は蛇《へび》』って言うでしょう。金融関係の友人が教えてくれたの。ケンは自分が思っている以上に、ニューヨークの金融界で有名人なのよ。そんなことはいいとして、近いうちに会えるんでしょう。今どこにいるの」

ジャネットの艶《あで》やかな声に、西田は胸をドキドキさせていたが、「思っている以上に有名人」というセリフの直後に、山本大輔《やまもとだいすけ》の顔が頭に浮かんできて、我に返った。

「当面は、東京とニューヨークの往復でなかなか余裕がないんだ。落ち着いたら連絡するよ」

半ば強引に電話を切ると、「いかん、いかん。変なことを考えている場合じゃあない」と独りごちながら、頭髪を右手でゴシゴシとかきむしった。

9

二〇〇九年五月上旬、西田健雄を乗せた黒塗りの社用車がダイヤモンド・ブラザーズ本社の地下駐車場に滑り込む直前、白人の大男が突然、車の前に飛び出してきた。運転手が急ブレーキを踏み、間一髪《かんいっぱつ》のところで社用車は停車した。大男はフロントガラスをドンドンと叩きながら、何事か大声で叫んでいる。

数秒後、二名の警備員が大男を両脇から押さえ、社用車から引き離した。大男はそのまま引《ひ》き摺《ず》られるように連れ去られていく。

西田が後部座席のパワーウィンドーを下げて外の様子を窺うと、

「お前たち強欲な投資銀行が、俺の人生を滅茶苦茶《めちゃくちゃ》にしたんだ。俺の人生だけじゃあない。家族みんな、バラバラになっちまった。ちくしょう……。どうしてくれるんだ」

と、大男は引き摺られながら大声で叫んでいた。

大男の名前は、フレッド・オニール。勤務先の自動車メーカー、ビッグスリーの一角、クローバー社が二〇〇九年四月三十日に経営破綻し、職を失ったのだ。クローバー社倒産の原因は、金融危機に伴う資金繰り難に加え、世界的な不況で自動車販売が不振に陥り、さらにスポンサーの投資会社も資金調達困難となったことにあった。

フレッド・オニールはサブプライムローンで購入したセントルイスの自宅を追われ、そしてリーマン・ショック後の金融不況で失業、妻のデービスは小学生の息子ケニーを連れて、両親の住むマイアミに引っ越してしまった。セントルイス・カージナルスの大ファン、ケニーの落胆ぶりは目を覆うばかりだった。

西田は、大男の叫び声を聞き流すことができなかった。

「投資銀行の暴走は、いったいどれだけの人間を不幸にしたのか」

そう考えるだけで、暗澹《あんたん》たる気持ちになった。


フレッド・オニールが警備員に連行されたのと同時刻。ニューヨークから南に千七百キロメートルにあるフロリダ州マイアミ。そこからさらに国道一号線を南西に二百六十キロメートル、海の上にかかる四十二の橋を渡って行くオーバーシーズ・ハイウェイの南端にある常夏の島、ヘミングウェイで有名なキーウェスト島。

高級コンドミニアムのプールサイド、デッキチェアに二回りは若く見えるブロンド娘と並んで寝そべっているのは、ダイヤモンド・ブラザーズの元CEO、ジョエル・ランリネイだ。カーキ色のバミューダパンツに白いアロハシャツ、額《ひたい》の位置に持ち上げたサングラスはシャネル製だ。

サイドテーブルには、パイナップルやマンゴーなどのトロピカルフルーツが浮かんだカクテル、ペーパーバック、そして折り畳み式の携帯電話が無造作に置かれていた。

携帯電話が振動すると、ランリネイは物憂《ものう》げに手に取り、ゆっくりとした動作で耳に運んだ。

「やあ、スティーブ。元気にしているか。うん、俺はキーウェストで命の洗濯中だよ。スティーブはどこにいるんだ。え、ハワイ島だって。お気に入りのコナビレッジだな。ああ、そうだな、そろそろ社会復帰しないとなぁ。俺もそう思うよ。まずは、リハビリに株式投資でも再開するか。世界中の株式市場が暴落しているが、FRBをはじめ中央銀行が信用不安を回避しようと、これでもかとばかりに資金をジャブジャブと注ぎ込んでいる。近いタイミングで反転上昇することは自明だよ」

ランリネイはにやけ顔でしゃべり続けた。電話の相手はスティーブ・C・サイクス。最近までダイヤモンド・ブラザーズのCOOだった男だ。

「俺もスティーブも、ジャップの小僧にしてやられたからな。この屈辱を晴らさないでは、死んでも死に切れないだろう。はっはっは。まあ、ジャップがいい気でいられるのも、そう長くはない。ああ、それから、自分のことを棚に上げて俺たちに責任を押し付けたフォームズの野郎にも、落とし前をつけさせないといかんなぁ。いずれにしろ、俺とスティーブのコンビは永遠に不滅だ」

ランリネイは不敵な笑みを浮かべながら、携帯電話をサイドテーブルに戻すと、カクテルグラスを手に取って、ストローでひと啜りした。

巨大投資銀行、インベストメントバンクの暴走がもたらした金融市場の崩落は、実体経済にも多大な影響をもたらした。ニューヨーク・ダウはリーマン・ショック前の一万一千ドル台から、半年で六千ドル台に下落。米国の象徴とも言える自動車メーカー、ビッグスリーのうちの二社が二〇〇九年上半期に破綻した。

世界中の中央銀行が大量の〝輸血〟を継続してショック死こそ回避したものの、膨《ふく》らむだけ膨らんだ金融市場が収縮する勢いには、とても太刀打ちできなかった。当然、日本経済が無傷でいられるはずもない。急激な円高と世界不況による販売不振で、輸出企業の多くがリーマン・ショック前の史上最高益から、たったの半年で赤字に転落したのだ。

ただ、日本経済は、大量の個人預金を抱えた銀行が大企業の金繰りを支えることで、相対的には軽傷で収まっていたとも言える。

日本を代表する大企業が、銀行の前に列を作った。まさに日本ウェストン社社長当時、西田健雄が予想したとおりの状況になったのだ。

米国の大企業が資金調達に困難を来たす中、ウェストン社は西田の画策した日本ウェストン社経由の借り入れが功を奏し、一時的な販売不振にも難なく対応することができた。ドナーCEOが、自分自身の人を見る目の確かさを再認識するのに、それほど長い時間を必要とはしなかった。

「さすがだな、ケン。サンキュー、ケン」

解説

高成田　享（ジャーナリスト）

バブル崩壊の頂点ともいえる日本長期信用銀行の破綻から一〇年後の二〇〇八年、米国の投資銀行、リーマン・ブラザーズが破産した。米国史上最大の倒産で世界を一気に不況に陥《おとしい》れた「リーマン・ショック」のはじまりである。長銀の破綻は、日本が国際的な金融戦略を描けないまま、米国の金融戦略に敗れた「マネー敗戦」を象徴する出来事だったが、リーマンの破綻は、低所得者向けの住宅ローンの債権まで金融商品として世界にまき散らした米国金融界の「自家中毒」ともいえる事件だった。

高杉良の最新作である『リベンジ――巨大外資銀行』（以下、『リベンジ』）は、長銀が破綻する前後に日本を〝食い物〟にした米投資銀行の裏面を描いた『巨大外資銀行』（二〇一七年、講談社文庫）の続編であり、リーマン・ショックで打撃を受けて青息吐息になった米投資銀行に対して、「マネー敗戦」の邦銀が一矢を報いようとするリベンジ物語である。

主人公の西田健雄は、米国製薬会社の日本法人の社長だ。もともとは邦銀の金融マンで米国の投資銀行「ダイヤモンド・ブラザーズ」に移ったものの、そこの悪巧みを知り、製薬会社のビジネスマンに転職した。ここまでの物語は『巨大外資銀行』に書かれているが、『リベンジ』は、リーマンを破産させるサブプライム・ローン問題が浮上してからの西田の活躍が描かれている。

サブプライム問題はまず、米国内の金融不安となって現れた。西田はそれが日本に波及することに備え、邦銀の「光陵ＪＦＧ」から一〇〇億円の融資枠を確保する。そして、リーマンが倒れるや、こんどは五〇〇億円の融資を光陵に要請し、米本社の資金繰りの悪化に備える。その手腕を買ったのが光陵の頭取で、西田を役員として迎え、米政府から要請されたダイヤモンドへの出資交渉を担当させる。西田のボスである米製薬会社のトップも、「米国の危機を救うなら」と、西田の移籍を認める。

西田は光陵の責任者として、仇敵ともいえるダイヤモンドのトップ、さらに米国の財務長官を加えた三者会談に臨む。舞台は、「マネー敗戦」の発端ともなる一九八五年のプラザ合意がなされたニューヨークのプラザホテルである。西田が邦銀に有利な出資条件を米投資銀行に認めさせようと挑むこの場面が作品のクライマックスである。出資はビジネスで米国へのギフトではない、と小気味よい啖呵《たんか》を切るシーンは、何度、リプレイで読み直しても胸がすく思いにひたることができる。

リーマン・ショックを受けて、邦銀が米投資銀行に出資するモデルとなったのは、三菱東京ＵＦＪ銀行（現・三菱ＵＦＪ銀行）が二〇〇八年にモルガン・スタンレーから九〇億ドル（約一兆円）の優先株を取得、経営に参画した出来事だろう。この直前には、米投資銀行の雄であるゴールドマン・サックスが米国の著名な投資家、ウォーレン・バフェット氏が率いる投資会社のバークシャー・ハサウェイから五〇億ドルの優先株による出資を仰いでいる。その条件が年間一〇％の配当を約束するもので、三菱は同じ条件をモルガンに呑ませた。ハイリスクとはいえ、破綻した日本長期信用銀行や日本債券信用銀行を外資に買いたたかれたくやしさを覚えている日本の金融関係者にすれば、快挙と映ったに違いない。

『リベンジ』の冒頭は、米ミズーリ州セントルイスにあるブッシュ・スタジアムでの地元セントルイス・カージナルスとシカゴ・カブスとのメジャーリーグの試合を観戦する三組の人間描写からはじまる。一組目は米ビッグ３の自動車工場で働く労働者である フレッドと野球好きの子ども、二組目は主人公の西田と米製薬会社のＣＥＯ、三組目はダイヤモンドのトップとナンバー２である。やがてこの三組はサブプライム問題の激流に翻弄されるわけで、ストーリーテラーとしての作者の巧みさを見せる導入場面だ。

フレッドは物語が進むなかで、サブプライム・ローンの返済ができず、家を売ったものの住宅価格の下落で借家生活を強いられ、さらにはリーマン・ショックによる景気の悪化で工場が閉鎖され失職する。私たちにとっては、ニュースで報じられる経済用語でしかないサブプライム・ローンが借り手の家庭を悲惨な状態に陥れる実情を描いている。マネーのプロたちの「ビジネス」が庶民の生活にどんな影響を与えているのか、プロたちの暗闘を描く「経済小説」が忘れがちなところへの目配りがなされている。作家としては円熟期に入った高杉のやさしいまなざしだろう。

高杉の作品に共通するのは、庶民感覚に根差した「義憤」であり、それが多くの読者の共感を呼んできた。企業や政府の権力者たちがおのれの欲得で不正な行いを繰返し、まじめに働いている人たちを傷つけていくことへの怒りである。『金融腐蝕列島』などで日本の金融界の堕落ぶりを追及した義憤は、『巨大外資銀行』と『リベンジ』では、米国の投資銀行に向けられる。彼らはハゲタカと呼ばれる米国の投資ファンドと組んで日本の銀行や企業の「再生」のため法外なアドバイス・フィーを得たうえ、「再生」後の株式売却益で大儲けをした。その傍若無人な振る舞いは、「マネー敗戦」で日本に乗り込んできた進駐軍のようであり、それを許した日本の官僚や政治家にも、高杉は厳しい目を向ける。

「『フリー』『フェア』『グローバル』」が日本版金融ビッグバンのキャッチフレーズだ

った。宝塚の『清く正しく美しく』みたいなものだが、きれいごとを言っている日本の金融界は狡知《こうち》にたけたアングロサクソンにつけ入られ、ハイエナファンドに毟《むし》り放題毟り取られているのが現実なのだ」

高杉が『外資の正体』（二〇〇二年、光文社）で、自身の言葉として書いた義憤は、『リベンジ』では、「投資銀行の暴走は、いったいどれだけの人間を不幸にしたのか」という西田の悲痛な叫びになって表れている。

長銀や日債銀が破綻した一九九八年から三年後の二〇〇一年九月一一日、米国は「同時多発テロ」に襲われた。ニューヨークに居合わせた西田は「頭髪が激しく乱れ、埃まみれで、着の身着のままの人々が、ひっきりなしに北の方角に向かって歩いていた」という情景を見ることになる。リーマン・ショックの二〇〇八年前後から物語を始めた作者は、二〇〇一年に時計を巻き戻した第二章を挿入した。その意図は、リーマン・ショックの前にニューヨークの金融街をパニックにさせた事件を描写することで、小説のリアリティを深めることと同時に、投資銀行を暴走させるきっかけになった金融の規制緩和について、その危険性を指摘しておくことだった。米国は一九九九年、銀行と証券との兼営を禁じるグラス・スティーガル法を撤廃する。西田は、同時多発テロの攻撃を受けたワールド・トレーディング・センターにある邦銀の支店に勤めていて、運よく難を逃れた大学時代の友人に、こう語っている。

「商業銀行と投資銀行が統合してできる巨大銀行には、本当のところ危うさを覚えなくもない。商業銀行に集まる大量の預金を、投資銀行が無尽蔵に使えるようになることは、いずれ暴走を招くのではないか」

一九二九年のニューヨーク株式大暴落をきっかけにつくられたグラス・スティーガル法の撤廃が新たな危機の引き金になりかねない。サブプライム・ローンの説明もそうだが、高杉の小説は、エンタメを超えて経済を読み解く教科書にもなっている。

リーマン・ショックから一〇年が過ぎた。外部からの資本注入で生き延びたゴールドマン・サックスやモルガン・スタンレーは、企業や政府、個人の資産運用のアドバイスから企業のM&A（合併・買収）まで幅広く手掛ける国際的な金融グループとして、ビジネスエリートを目指す世界の若者たちのあこがれの企業になっている。彼らの幸せが多くの名もない人々の不幸になっていないのか、高杉がこの作品で投げかけた疑問は、いまも消えていない。そして、サブプライム・ローンで家と職場を奪われたフレッドたちは、いまや熱烈なトランプ支持者として、大統領の日本たたきを期待しているのではないか。

本書は、「小説現代」二〇一七年七月号から二〇一八年五月号に
隔月連載された「新 巨大外資銀行」を加筆改題したものです。

|著者| 高杉 良　1939年東京都生まれ。専門紙記者・編集長を経て、'75年『虚構の城』でデビュー。以後、緻密な取材に基づいた企業小説・経済小説を次々に発表する。著書に『金融腐蝕列島』『小説　日本興業銀行』『虚像の政商』『管理職の本分』『第四権力』『組織に埋もれず』『勁草の人　中山素平』『巨大外資銀行』『めぐみ園の夏』『起業闘争』など多数。

リベンジ　巨大《きょだい》外資《がいし》銀行《ぎんこう》

高杉《たかすぎ》 良《りょう》

2019年1月16日第1刷発行

発行者――渡瀬昌彦

発行所――株式会社　講談社

東京都文京区音羽2-12-21　〒112-8001

電話　出版（03）5395-3510
　　　販売（03）5395-5817
　　　業務（03）5395-3615

Printed in Japan

講談社文庫

定価はカバーに
表示してあります

デザイン―菊地信義

本文データ制作―講談社デジタル製作

印刷―――大日本印刷株式会社

製本―――大日本印刷株式会社

ISBN978-4-06-514325-4

講談社文庫刊行の辞

二十一世紀の到来を目睫に望みながら、われわれはいま、人類史上かつて例を見ない巨大な転換期をむかえようとしている。

世界も、日本も、激動の予兆に対する期待とおののきを内に蔵して、未知の時代に歩み入ろうとしている。このときにあたり、創業の人野間清治の「ナショナル・エデュケイター」への志を現代に甦らせようと意図して、われわれはここに古今の文芸作品はいうまでもなく、ひろく人文・社会・自然の諸科学から東西の名著を網羅する、新しい綜合文庫の発刊を決意した。

激動の転換期はまた断絶の時代である。われわれは戦後二十五年間の出版文化のありかたへの深い反省をこめて、この断絶の時代にあえて人間的な持続を求めようとする。いたずらに浮薄な商業主義のあだ花を追い求めることなく、長期にわたって良書に生命をあたえようとつとめるところにしか、今後の出版文化の真の繁栄はあり得ないと信じるからである。

同時にわれわれはこの綜合文庫の刊行を通じて、人文・社会・自然の諸科学が、結局人間の学にほかならないことを立証しようと願っている。かつて知識とは、「汝自身を知る」ことにつきていた。現代社会の瑣末な情報の氾濫のなかから、力強い知識の源泉を掘り起し、技術文明のただなかに、生きた人間の姿を復活させること。それこそわれわれの切なる希求である。

われわれは権威に盲従せず、俗流に媚びることなく、渾然一体となって日本の「草の根」をかたちづくる若く新しい世代の人々に、心をこめてこの新しい綜合文庫をおくり届けたい。それは知識の泉であるとともに感受性のふるさとであり、もっとも有機的に組織され、社会に開かれた万人のための大学をめざしている。大方の支援と協力を衷心より切望してやまない。

一九七一年七月

野間省一

中村真一郎
この百年の小説 人生と文学と
漱石から谷崎、庄司薫まで、百余りの作品からあぶり出される日本近現代文学史。博覧強記の詩人・小説家・批評家が描く、ユーモアとエスプリ、洞察に満ちた名著。
解説＝紅野謙介
なJ3
978-4-06-514322-3

中村真一郎
死の影の下に
解説＝加賀乙彦　作家案内・著書目録＝鈴木貞美
敗戦直後、疲弊し荒廃した日本に突如登場し、「文学的事件」となった斬新な作品。ヨーロッパ文学の方法をみごとに生かした戦後文学を代表する記念碑的長篇小説。
なJ1
978-4-06-196349-X

蘇部健一　六枚のとんかつ
蘇部健一　六とん2
蘇部健一　届かぬ想い
曽根圭介　沈底魚
曽根圭介　本ボシ
曽根圭介　藁《わら》にもすがる獣たち
曽根圭介　TATSUMAKI〈特命捜査対策室7係〉
zopp　ソングス・アンド・リリックス
田辺聖子　川柳でんでん太鼓
田辺聖子　おかあさん疲れたよ(上)(下)
田辺聖子　ひねくれ一茶
田辺聖子　愛の幻滅(上)(下)
田辺聖子　うたかた
田辺聖子　春情蛸の足
田辺聖子　蝶花嬉遊図
田辺聖子　言い寄る
田辺聖子　私的生活
田辺聖子　苺をつぶしながら
田辺聖子　不機嫌な恋人

田辺聖子　どんぐりのリボン
田辺聖子　女の日時計
谷川俊太郎訳 和田誠絵　マザー・グース　全四冊
立花隆　中核VS革マル(上)(下)
立花隆　日本共産党の研究　全三冊
立花隆　青春漂流
立花隆　生、死、神秘体験
滝口康彦　一命
滝口康彦　粟田口の狂女〈レジェンド歴史時代小説〉
高杉良　労働貴族
高杉良　広報室沈黙す(上)(下)
高杉良　会社蘇生
高杉良　炎の経営者(上)(下)
高杉良　小説日本興業銀行　全五冊
高杉良　社長の器
高杉良　祖国へ、熱き心を〈東京にオリンピックを呼んだ男〉
高杉良　その人事に異議あり〈女性広報主任のジレンマ〉
高杉良　人事権！
高杉良　小説 消費者金融〈クレジット社会の罠〉

高杉良　小説 新巨大証券(上)(下)
高杉良　局長罷免―小説通産省
高杉良　首魁《しゅかい》の宴《うたげ》〈政官財腐敗の構図〉
高杉良　指名解雇
高杉良　燃ゆるとき
高杉良　挑戦つきることなし〈小説ヤマト運輸〉
高杉良　銀行大合併〈短編小説全集(上)〉
高杉良　エリートの反乱〈短編小説全集(中)〉
高杉良　金融腐蝕列島(上)(下)
高杉良　銀行大統合〈小説みずほFG〉
高杉良　勇気凜々
高杉良　混沌《こんとん》 新・金融腐蝕列島(上)(下)
高杉良　乱気流(上)(下)
高杉良　小説会社再建
高杉良　小説ザ・ゼネコン
高杉良　新装版 懲戒解雇
高杉良　新装版 虚構の城
高杉良　新装版 大逆転！〈小説 三菱・第一銀行合併事件〉
高杉良　新装版 バンダルの塔

講談社文庫　目録

講談社文庫　目録

高田崇史　QED～ventus～〈御霊将門〉
高田崇史　QED〈河童伝説〉
高田崇史　QED～flumen～〈九段坂の春〉
高田崇史　QED〈諏訪の神霊〉
高田崇史　QED〈出雲神伝説〉
高田崇史　QED〈伊勢の曙光《あけぼの》〉
高田崇史　QED～flumen～〈ホームズの真実〉
高田崇史　毒草師〈QED Another Story〉
高田崇史　試験に出るパズル〈千葉千波の事件日記〉
高田崇史　試験に敗けない密室〈千葉千波の事件日記〉
高田崇史　試験に出ないパズル〈千葉千波の事件日記〉
高田崇史　パズル自由自在〈千葉千波の事件日記〉
高田崇史　化けて出る〈千葉千波の怪奇日記〉
高田崇史　麿の酩酊事件簿〈花に舞〉
高田崇史　麿の酩酊事件簿〈月に酔〉
高田崇史　クリスマス緊急指令〈～きよしこの夜、事件は起こる！～〉
高田崇史　カンナ　飛鳥の光臨
高田崇史　カンナ　天草の神兵
高田崇史　カンナ　吉野の暗闘

高田崇史　カンナ　奥州の覇者
高田崇史　カンナ　戸隠の殺皆
高田崇史　カンナ　鎌倉の血陣
高田崇史　カンナ　天満の葬列
高田崇史　カンナ　出雲の顕在
高田崇史　カンナ　京都の霊前
高田崇史　鬼神伝　鬼の巻
高田崇史　鬼神伝　神の巻
高田崇史　鬼神伝　龍の巻
高田崇史　軍神の血脈〈楠木正成秘伝〉
高田崇史　神の時空《とき》　鎌倉の地龍
高田崇史　神の時空　倭《やまと》の水霊
高田崇史　神の時空　貴船の沢鬼
高田崇史　神の時空　三輪《みわ》の山祇《やまつみ》
高田崇史　神の時空　嚴島《いつくしま》の烈風
竹内玲子　永遠に生きる犬〈ニューヨーク　チョビ物語〉
団　鬼六　悦楽王〈鬼プロ繁盛記〉
高野和明　13階段
高野和明　グレイヴディッガー

高野和明　K・Nの悲劇
高野和明　6時間後に君は死ぬ
高里椎奈　銀の檻を溶かして〈薬屋探偵妖綺談〉
高里椎奈　黄色い目をした猫の幸せ〈薬屋探偵妖綺談〉
高里椎奈　悪魔と詐欺師〈薬屋探偵妖綺談〉
高里椎奈　金糸雀《カナリア》が啼く夜〈薬屋探偵妖綺談〉
高里椎奈　緑陰の雨　灼けた月〈薬屋探偵妖綺談〉
高里椎奈　白兎が歌った蜃気楼〈薬屋探偵妖綺談〉
高里椎奈　本当は知らない〈薬屋探偵妖綺談〉
高里椎奈　蒼い千鳥　花霞に泳ぐ〈薬屋探偵妖綺談〉
高里椎奈　双樹に赤　鴉の暗《くろ》〈薬屋探偵妖綺談〉
高里椎奈　蟬の羽〈薬屋探偵妖綺談〉
高里椎奈　ユルユルカ〈薬屋探偵妖綺談〉
高里椎奈　雪下《せっか》に咲いた日輪と〈薬屋探偵妖綺談〉
高里椎奈　海紡《つむ》ぐ螺旋《らせん》　空の回廊〈薬屋探偵妖綺談〉
高里椎奈　深山木薬店説話集〈薬屋探偵妖綺談〉
高里椎奈　孤狼と月〈フェンネル大陸　偽王伝1〉
高里椎奈　騎士の系譜〈フェンネル大陸　偽王伝2〉
高里椎奈　虚空の王者〈フェンネル大陸　偽王伝3〉

講談社文庫　目録

高里椎奈　闇と光の双翼〈フェンネル大陸 偽王伝4〉
高里椎奈　風牙天明〈フェンネル大陸 偽王伝5〉
高里椎奈　雲の花嫁〈フェンネル大陸 偽王伝6〉
高里椎奈　終焉の詩〈フェンネル大陸 偽王伝7〉
高里椎奈　ソラチルサクハナ〈薬屋探偵怪奇譚〉
高里椎奈　天上の羊 砂糖菓子の迷児〈薬屋探偵怪奇譚〉
高里椎奈　ダウスに堕ちた星と嘘〈薬屋探偵怪奇譚〉
高里椎奈　遠《とお》に呱々《ここ》泣く八重の繭《まゆ》〈薬屋探偵怪奇譚〉
高里椎奈　童話を失くした明時《あかとき》に〈薬屋探偵怪奇譚〉
高里椎奈　来鳴《きな》く木菟《みみずく》日知《ひし》り月《つき》〈薬屋探偵怪奇譚〉
高里椎奈　星空を願った狼の〈薬屋探偵怪奇譚〉
高里椎奈　雰囲気探偵 鬼鶫航《きのつぐみわたる》
大道珠貴　ショッキングピンク
高橋和女　流棋士
高木　徹　ドキュメント戦争広告代理店〈情報操作とボスニア紛争〉
平　安寿子　グッドラックららばい
たつみや章　ぼくの・稲荷山戦記
たつみや章　夜の神話
武田葉月　横綱

高橋祥友　自殺のサインを読みとる〈改訂版〉
田中啓文　猿《えん》猴《こう》
高嶋哲夫　メルトダウン
高嶋哲夫　命の遺伝子
高嶋哲夫　首都感染
たかのてるこ　淀川でバタフライ
高野秀行　西南シルクロードは密林に消える
高野秀行　怪獣記
高野秀行　アジア未知動物紀行〈ベトナム・奄美・アフガニスタン〉
高野秀行　イスラム飲酒紀行
高野秀行　移民の宴〈日本に移り住んだ外国人の不思議な食生活〉
高野秀行／角幡唯介　地図のない場所で眠りたい
田牧大和　花合せ〈濱次お役者双六〉
田牧大和　質草破り〈濱次お役者双六 二ます目〉
田牧大和　翔ぶ梅〈濱次お役者双六 三ます目〉
田牧大和　半可心中〈濱次お役者双六〉
田牧大和　長屋狂言〈濱次お役者双六〉
田牧大和　身をつくし〈清四郎よろづ屋始末〉
田牧大和　錠前破り、銀太

田牧大和　錠前破り、銀太 紅蜆《べにしじみ》
田牧大和　錠前破り、銀太 首魁《しゅかい》
田丸公美子　シモネッタの本能三昧イタリア紀行
田丸公美子　シモネッタのどこまでいっても男と女
竹内　明　秘匿捜査〈警視庁公安部スパイハンターの真実〉
高殿　円　カーリー〈I.黄金の尖塔の国とあひると小公女〉
高殿　円　カーリー〈II.二十一発の祝砲とプリンセスの休日〉
高殿　円　カーリー〈III.孵化《ふか》する恋と帝国の終焉〉
高殿　円　メサイア〈警備局特別公安五係〉
田中慎弥　犬と鴉
高野史緒　カント・アンジェリコ
高野史緒　カラマーゾフの妹
瀧本哲史　僕は君たちに武器を配りたい〈エッセンシャル版〉
竹吉優輔　襲名犯
竹吉優輔　レミングスの夏
高田大介　図書館の魔女 第一巻 第二巻
高田大介　図書館の魔女 第三巻 第四巻
高田大介　図書館の魔女 烏《からす》の伝言《つてこと》(上)(下)
大門剛明　反撃のスイッチ

2018年12月15日現在